Jan Turovski

Sophie fatale ...

Roman

édition
LesMots

Bibliografische Information der Deutschen Nationalbibliothek:
Die Deutsche Nationalbibliothek verzeichnet diese Publikation
in der Deutschen Nationalbibliografie; detaillierte bibliografische Daten sind im Internet über www.dnb.de abrufbar.

Vom Autor vollständig überarbeitete und ergänzte

<u>*Neuausgabe*</u>

édition
*Les**M**ots*

© 2024

in der **edition** andiamo

Lektorat: Anna Schneider

© Umschlag-Fotografik: Jan Turovski
(Porträt der Zohra M.)

Herstellung und Verlag:
BoD – Books on Demand, Norderstedt.
ISBN 978-3-7597-8266-3
Printed in Germany

Für das noch unveröffentlichte Manuskript dieses
Romans erhielt Jan Turovski den

»Prix Littéraire Européen Arthur Rimbaud 2000«

Ich habe mich in einen größeren Teil von Turovskis Werk hineingelesen, für mich steht fest: Es gilt, dieses phänomenale Werk, die Romane, sowie die Short Stories und Gedichte, nun Schritt für Schritt herauszugeben und vor dem Vergessen zu bewahren; eine Mammutaufgabe, die ich vielleicht nicht allein bewältigen kann. Hier also ist Sophie fatale ..., ein fulminanter Roman über eine *amour fou* im Paris der Jahrtausendwende. Jan Turovski kommt zurück, wenn nicht, wäre die deutschsprachige Literatur ärmer.

Klaus Servene, Autor und Verleger

Lorsque vous lisez les livres de Jan Turovski, vous entrez dans un nouveau monde linguistique. Il est comme un chef d'orchestre, qui par magie, sort de nouvelles sonorités, ainsi que de nouvelles couleurs et images de la langue allemande.

Wenn Sie Jan Turovskis Bücher lesen, treten Sie ein in eine neue Sprachwelt. Er ist wie ein Dirigent, der auf magische Weise neue Klänge sowie neue Farben und Bilder der deutschen Sprache erzeugt.

Raymond Andéol, Germaniste

Pour Zohra
et ce petit moment du cours de ma vie

Jan Turovski

Sophie fatale ...

ist ein Roman, eine erfundene Geschichte.
Jede Ähnlichkeit mit lebenden oder verstorbenen
Personen wäre daher rein zufällig.

Jan Turovski

EINS

Kann eine Geschichte erklärt werden, indem man sie nacherzählt? Schafft das Erzählen nicht erst neue Geschichten, die niemand erklären kann? Geschichten, die nicht mehr die ursprünglichen sind?

Ich wohne im Hôtel Janus, im Fünften Pariser Bezirk. Ein sogenanntes Wohnhotel für Studenten, ein mieses, kleines Haus, aber die Leute sind freundlich und mehr Geld habe ich nicht. Hier wohnen ausschließlich Studenten. Eine Seltenheit heutzutage. Aus jeder Klitsche macht man Appartements. Ich habe ein Dachzimmer, das man getrost romantisch nennen kann. Es bietet einen großzügigen Blick über die Dächer und auch vom Flur aus kann man in die Höfe sehen.

Ich bin jetzt sechsundzwanzig und lebe eher schlecht von Übersetzungen. Den Abschluss an der *Sorbonne* habe ich verpasst. Seitdem spricht mein Vater kaum mit mir. Trage ich nun allein Schuld an der Misere? Und was ist eigentlich das Wesen einer Misere?

Regen schraffiert graue Fassaden gegenüber. Die handschriftliche Notiz von damals will ich am liebsten nicht wahrhaben. Begraben ist begraben. Blaues Papier, schwarze Schrift. Drei Jahre alt. Es ist die Zeit des Tages, wenn die Schatten versagen. Unruhe packt mich und ich muss raus auf den großen Boulevard. Der Glanz der Pfützen nimmt zu. Es war schwer, das alte Zimmer wiederzubekommen.

Und es genügt nicht, ein Zimmer zu haben. Es muss dieses Zimmer sein. Das mit dem faden Spiegelschrank in der Rue Saint-Jacques, dem Nussbaumfurnier, den braunen Flecken im Silber. Mit der Farntapete, dem Bett, breit wie die Nische. Das Waschbecken mit dem trägen Rohr darunter. Das Fenster mit dem versprengten Lärm der Rue Gay Lussac über den Dächern. Der schräge Boden. Tisch und Stuhl aus Rohr. Die angegriffene, rote Tischplatte. Ich hatte schon Sorgen sie hätten inzwischen renoviert. Das Zimmer von damals. Meine Eltern wollten mir ein besseres Zimmer bezahlen, aber ich wollte gerade dieses.

Ich bin seit gestern hier. Sie ist immer da. Sophie. Beim Kaffeekochen. Im Schlaf. Am Schreibtisch. Was man beim Aufräumen fand, soll man eigentlich ignorieren. Es ist vorbei und weist in falsche Richtungen. Ich habe immer wieder solch volkstümliche Erkenntnisse. Meistens zu spät. Ich habe es nicht ignoriert. Das Blatt mit ihrer Schrift. Nun wohne ich erneut hier, weil ich den Zettel fand. Ich weiß noch den Anfang des Buches, an dem ich damals schrieb. Der liegt im Kopf, eine eingeschobene Diskette. Das Buch über Sophie.

Ein Boot, sagte ich damals, hat Zeit alle Richtungen zu erfahren. Ich hielt mich für ein romantisches Boot, das sich gefahrlos treiben lassen konnte. Eine Täuschung. Ich war nicht einmal zwanzig. Nun liege ich schon Jahre im Wasser und setze Tang an. Ich will mich nicht beklagen, aber Sophie hat mir die größten Irritationen beschert. Lebenslang, behaupten sogar ein paar Freunde. So weit will ich nicht gehen. Sophie war eines Tages einfach da, wie eine gnadenlose Begabung.

Der blaue Zettel, in der Mitte abgerissen, harrt auf der Fensterbank. Da, wo sie ihn damals hinterließ:

Wenn du dies liest, bin ich tot. Versuche nicht, mich zu finden!
Ich bin tot, verstehst du? Tot. Sophie

Ein verdammt starkes Stück. Sophie, die mich kannte, meine Wolken, meine Erde. Einfach weg. Die alles von mir wusste, weil ich es so wollte. Ich war seit Jahren darüber hinweg. Ich war nie darüber weg. Im Radio läuft *September Morning*. Das wird der Lage gerecht. Sophie, ich vermisse dich. Du fehlst mir. *Tu me manques*. Doch würde sie sich überhaupt an mich erinnern?

Über den Zinkdächern brauen sich ganze Waschküchen zusammen. Und Sophie ist überall. Auf dem Flur, wie sie gerade diese hartnäckige Locke mit der linken Hand wegschiebt. Sie kommt von der Toilette, hält ihren rechten Arm schräg, ein Dreieck vor der Brust. Sie erzeugt stilles Fieber in mir. Immer noch. Und es sind doch nur noch die Bilder.

Regen zuckt in der Dunkelheit als Geräusch. Ich stehe am Fenster. Die Lampe ist gelöscht. Auf Metallteilen der Schreibmaschine fängt sich dünnes Licht. Die Schnappschlösser meines Koffers gehen leicht. Ich wundere mich immer wieder, dass Dinge, die für etwas ganz Bestimmtes vorgesehen sind, auch tatsächlich funktionieren. Die Fassaden, ganz nah im Regen, kolorieren sich schrittweise zurück ins Früher. Das Regenrohr zerrt im Wind. Es hat sich nichts geändert, es hängt noch immer am gleichen Draht. Vorgestern noch lebte ich im Sechsten Bezirk. Nicht so weit von hier. In einem ganz ähnlichen Zimmer. Zwei Jahre, bis ich den Zettel fand.

Ich nehme den Hörer im Flur. Es ist aussichtslos. Das Freizeichen aus einem anderen Jahrzehnt. Meine Hand zittert einfach so. Dieser Ton radiert an Vorbehalten, je länger es dauert. Mein Gott, warum dauert es so lange?

Sophie ist nicht tot. Ich werde das beweisen.

ZWEI

C 'est vous alors! Sie also !

Oui, c'est moi. Ja, ich.

Je me souviens. Oui, je me souviens! Ja, ich erinnere mich.

Ist sie da?

Aber Monsieur, Sie wissen doch … geben Sie es endlich auf!

Madame Bourret, ihr Name wird schon nicht fallen! Ich will
nur wissen …

Voyez vous … Sehen Sie, sie ist tot, Monsieur, c'est tout. Das
ist alles was ich weiß..

Es ist einer dieser schweren Bakelit-Hörer, der in gierige Gabeln fällt. Das Material verursacht ein besonderes Geräusch, das
heute nur noch sehr selten vorkommt. Das ich aber dem Handy-
lärm vorziehe, den ich zu verdrängen gelernt habe. Mein Leben
soll ohne Handys verlaufen, wenigstens in meiner Vorstellung.
Sophie hatte kein Handy. Sie wollte niemals verfolgt oder gefunden werden.

Ich höre den Straßenlärm, zerbröselt auf Zinkdächern. Morgen
werden die grauen Salbenfassaden wie mit Bartspuren bedeckt
sein. Ich werde gehen, mich durchdringen lassen. Häuser werden
kreidig in mir zerfließen. Gestalten als Tröpfchen in mir hängen
bleiben und kristallisieren. Meine innere Landschaft ist grau-
grün. Von irgendwo kommen dumpfe Morsegeräusche, wie von
befahrenen Schienen.

Ich hatte ihr geschrieben, aber alle Briefe waren zurückgekommen. Einer mit Trauerrand. Handgezeichnet. Typisch Sophie.
Schreiben ist Gift, sagte ich mir. Und unverlangte Liebe ist ebenfalls Gift. Man weiß zwar wann es in den Körper gelangt ist, aber
nicht, wie und wie lange es wirkt. Man fühlt nur, man kann es
nicht loswerden. Ein sich selbst nachfüllendes Gift.

Ihre Hand schiebt die schwarze Locke weg. Sophies Hand. Ein Fensterflügel wirft grelles Licht über ihr glänzendes Haar. Eine Wolke schiebt sich ins Bild. Versilbert. Ich wünsche mir, Sophie wäre ein heilendes Tuch, das ich über mich ziehen kann. Wenn ich vor ihrem jeweiligen Haus stand, hatte ich Zweifel, mich wirklich dort zu befinden. Sie hat mich gründlich verschreckt.

In der Klarsichthülle, zwischen alten Ausweisen, habe ich den fatalen, blauen Zettel gefunden. Ihre Schrift darauf ist schon abwesend, als sei ich in ihrem Kopf bereits tot gewesen. Aber wir sind nicht tot. Weder sie noch ich. Ihr Körper brennt. In der Laterne gegenüber keucht Licht.

Der Regen hört auf. Typischer Pariser Regen. Kurz, heftig, unberechenbar, obwohl zuvor für die Ewigkeit. Da oben muss eine Frau sitzen. Auch Dauerregen ist typisch. Alles ist typisch. Außer Sophie. Autokolonnen kriechen umher, bunte Fäden ziehend, die Schleimspuren ähneln. Farbig, silbrig. Meine Spur wird kaum jemanden vom Stuhl reißen. Aber sie wird für zwei Personen unvermeidlich sein. Für Sophie Langret. Und für mich.

An der Gare du Nord kaufe ich ein *baguette jambon/fromage*. Fühle mich als stehendes Wasser, das schon der kleinste Stein beunruhigen kann. Sie hat zuletzt in der Rue Dunkerque gewohnt. Aber da wohnt sie schon lange nicht mehr. Sie hat an vielen Orten gewohnt. Ich bilde mir ein, sie sei vielleicht in ihr letztes Zimmer zurückgekehrt. Das letzte, bevor sie mit mir vier kurze, lange Monate im Hôtel Janus verbracht hat. Ich hatte es schließlich entdeckt.

Sie hat mir gedroht, sie hat mich umgarnt, sie hat mich ausgehöhlt und verzuckert. War es nicht doch auch vielleicht eine harmonische, ausufernde Liebe? All die Orte, an die sie mich bestellt hat, sind untergegangen. Ich will mich nicht unbedingt erinnern.

13

Nur dieser unverschämte Schmerz ist nicht untergegangen. Er ist ein rostender Nagel in meinem Knie. Bei jeder Bewegung ist die Hölle los. Wie soll ich da übersetzen?

Rue Dunkerque. Durch den Hofgang. Die Fassaden, Kohlestriche auf Leinen, verwischt mit dünnem Fixativ. Zusammengerottete Mülleimer. Im vierten Stock brennt Licht. Natürlich. In solchen Zimmern brennt immer Licht. Man hat mir verboten hierher zu kommen. Die Holzstiege, mit faulenden Brettern überdacht, ist vollgesogen mit Wasser. Eine Hand schließt den roten Vorhang ihres Zimmers. An den Türen lauter unbekannte Namen. Über den Dächern thront ein wässeriger Lichtdom von der nahen Gare du Nord. Schnelle Schritte an der Öffnung des abgerundeten Durchgangs zur Straße. Die Tür. Das Zimmer.

Oui, monsieur?
Ach, Entschuldigung! Ich wollte nur einmal das Zimmer meiner früheren Freundin sehen!

Drei schüchterne Polen beim Abendessen. Die Frau gibt mit dem Schöpflöffel Suppe aus. Sie müssen denken, dass ich verrückt bin. Der Mann hat die Ellenbogen auf der Tischkante und reißt mit den Zähnen am Brot. Er macht eine Handbewegung:

Sehen Sie sich ruhig um!

Ein Mädchen, etwa neun, starrt mich an, als sei ich eine Comicfigur. Zwei Zimmer. Das zweite sehr klein. Die gleiche Tapete. Am Waschbecken noch immer der schiefsitzende Chromhaken.

Wollen Sie eine Suppe?
Warum eigentlich nicht.
Hier, und etwas Brot!
Wissen Sie, hier lebte meine Freundin.

Und wo ist sie jetzt?

Sie soll tot sein. Aber ich glaube das nicht.

Die Augen der Frau füllen sich mit Tränen. Das Kind stiert in die Suppe. Der Mann legt das Brot weg, wird mich später in den Arm nehmen und zur Tür bringen.

Hier stand ihr Bett! Und hier hat sie gearbeitet, genau hier, unter dem Fenster, sage ich leise.

Und wie hieß sie?

Sophie, Sophie Langret.

Unsere Tochter hier heißt auch Sophie, Sofia eigentlich. Sie ist gut in der Schule. Oh, Entschuldigung.

Ich nehme die Métro an der Gare du Nord. Knappe Viertelstunde bis zur Station Luxembourg. Der Zug kommt schlangenartig aus der traurigen Röhre. Es erscheint mir irrwitzig und gerecht, dass ein kleines Mädchen aus Polen Sophies Namen in diesem Zimmer am Leben erhält.

DREI

Melun. Der Zug gleitet langsam, vorsichtig, als versuche er einen schmerzlosen Einstich. Hinter mir gähnen braune Kunstledersitze. Auf einem türmt sich wortreiches Chaos. Die Ton- und Geruchsspur des Ortes. Ich kenne diese langweilige Stadt. Im Strom der Menge ist mein Herzschlag nicht vorhanden. Ich hänge am Tropf der Masse. Ich kann das Haus zu Fuß erreichen. Alles löschen, den Kopf frei machen.

Vor mir, auf dem Bahnsteig, stellt eine schmale Frau mit Pagenkopf die schwarze Tasche hin. Jung, gemessen. Grauer Mantel, Kimonoschnitt. Die stufenlose Frisur rutscht nach vorn. Die

Hand, blassrosa, ohne Ringe, findet Zigaretten. Doch niemand ist wie Sophie.

Ich komme wegen Sophie. Ich habe immer noch die romaneske Vorstellung von der Auffindung einer Frau. Sie muss einfach auftauchen, wie damals an der Métrostation Vavin. Ein Taxi stinkt mit ständig laufendem Motor. Hinter meiner Stirn ist alles nur blank. Die etwas abfallende Straße, gesäumt von stämmigen Platanen und dichten Kronen, flirrend vor provinzieller, endgültiger Stille, erreiche ich nach zehn Minuten. Das Haus, schäbig, abweisend, kleinbürgerlich, steht offen.

A vendre. Zu verkaufen.
Ein massiver Stützbalken markiert die Mitte der Diele. Noch immer klebt das gravierte Schild, *A. Langret*, an der Tür.

Wollen Sie es kaufen?
Du lieber Gott!
Eine Frau in blau gestreifter Schürze, einen Rechen in der Hand, nimmt sich nebenan den hellen Kies vor.
Ich wollte zu den Langrets.
In den Süden gezogen. Das Haus taugt nichts.
Und Sophie?
Wurde hier nie wieder gesehen.
Wo kann ich sie finden?
Glaube kaum, dass Sie sie finden können!
Wieso?
Kannten Sie sie?
Wir waren in einem Kurs.
Sophie soll tot sein. Sagen ihre Eltern. Haben nie mehr von ihr gesprochen. Sagten schon vorher immer: unsere Tochter ist für uns gestorben.
Hat sie Geschwister?
Ja, irgendwo..

Und die Langrets? Haben Sie eine Adresse?

Madame Langrets Mutter stammt ja aus Pau. Mehr weiß ich auch nicht.

Danke Madame, au revoir!

Au revoir monsieur, et bonne chance.

Pau. Mein Gott. Basses-Pyrénées. Ein Tag hin, ein Tag zurück. Übernachten. Das wird ein teures Vergnügen. Anrufen hätte keinen Zweck. Sie würden mir gar nicht erst zuhören. Seltsame Einsamkeit kommt auf.

Die schwarze Nylontasche knistert. Ich sitze schon im Zug. Die satte Ebene, der blaugrüne Morgen mit Dunst. Altgewordenes Rapsgelb. Violette Erde, fett im Vordergrund. Eine Mutter geht heftig im Mittelgang, schiebt das Kind unwirsch. Eine ältere Frau kramt manisch nach Fahrkarten. Sie redet schnell und uneinholbar. Die Sprache des Alten neben ihr zockelt verdrossen nach. Auf einer Mauer steht mit weißem Kalk: *Societé anonyme*. Kühe an einer Tränke, Anbauten, kleinkarierte Dächer. Ein Quellenbetrieb in Agonie. Ich schlafe den halben Weg. Die Bilder rasen vorbei und zerfallen.

Nach endlosen Stunden schließlich Pau. Das Haus der Schwester. Sie stand im Telefonbuch. Ich komme gerade zum Ende einer Trauerfeier. Kann mit niemandem sprechen. Nachbarn erklären tonlos, die Langrets habe man umgebracht. Nachts. Einfach so. Hätten ja erst einen Monat hier gelebt. Einfach schrecklich. Keine Spuren, nichts. Was für ein Schicksal! Alles tippt auf die Tochter. Aber die soll ebenfalls tot sein!

VIER

Sie ist untergetaucht. Ihre Spezialität. Wenn sie es wirklich war, kann sie nur in Paris abtauchen. Ohnehin kann sie nur dort leben. Als Bäuerin in der Auvergne kann man sie sich nicht vorstellen. Und tot auch nicht.

Ich werde bei Claude vorbeigehen. Er wohnt in der Nähe der Station Anvers. Er hat sie gekannt, hat mich vor ihr gewarnt. Spielhallen, dunkle Gesichter am Boulevard Rochechouart. Warum habe ich mich nicht bei ihm gemeldet, als ich Sophies letztes Zimmer besuchte? Er wohnt ziemlich nah. Jetzt muss ich die ganze Stadt durchqueren. Aber ich bin viele Wege umsonst gegangen, und Claude habe ich ewig nicht gesehen. Natürlich ist er nicht da. Die Brücken sind schuld, die zwischen Feier- und Sonntagen gebaut werden. Berühmte Bauwerke in Frankreich. Im Fernsehen läuft später die Aktion *drapeau blanc* ... Der Bildschirm geht nie aus beim Patron. Am Ende des langen, dunklen Flures schwimmt die Glastür in bläulichem Licht.

Das erste was ich tue, ist das Fenster zu öffnen. Es reicht bis zum Boden. Zwei Flügel, drei Mal unterteilt. Dahinter Stäbe, die fast die Brust berühren und einen unbegehbaren winzigen Balkon andeuten. Ein Streifen Zink, der bei Regen ganz aussichtslos glänzt. Die Wände gegenüber sind hundert Mal gewendetes Mehl. Ich liebe diese Aussicht, besonders bevor ich mich ans Übersetzen mache. Es gibt noch zwei Aufträge, die Kasse ist ansonsten leer. Man wird sehen, was die nächsten Tage bringen.

Ich arbeite bis spät in die Nacht und komme vor 10:00 Uhr nicht hoch. Es zieht mich zur Métro. Ich frühstücke nicht einmal. Place Clichy. Sonne lackt die oberen Stockwerke der Rue Batignolles. Abluft von Kohleöfen, halb entkleidete Klänge. Die Stadt ist noch vorfeiertagsleer. Kleine Finsternisse fallen hinter Hausecken. Ich bin ein Tier, das die Spur aufnimmt. Ich hatte immer wieder Phasen, in denen ich Sophie in dieser Stadt erfühlte. Ihren Gang, ihren Duft. Und immer traf ich auf eine Faser von ihr. Ich spürte ihre aufgeworfenen Lippen, die Art, wie sie den Kopf zur Seite warf und alles Gewesene auslöschte. Sie wird in einigen Monaten vierundzwanzig sein.

Trotzdem. Was will ich ausgerechnet hier? Ich sollte mich um Aufträge kümmern. Noch vor den ersten konkreten Gedanken daran fühle ich die magische Zone. Es erfasst mich, sammelt sich in den Knien. Ein Stück tiefer in der Rue des Dames wird mir flau in der Magengegend. Plötzlich Himmel und Menschen. Sie muss es sein. Sie trägt eine altweiße Tüte mit blauer Schrift. Mein Hals schnürt sich zu, wie viel Zwerchfell hat der Mensch? Sie verlässt das gelbliche *Restaurant des Cyprès*. Ich renne. Sie verschwindet im *Au Jardin des Dames*, wo Obst und Gemüse leuchtend nisten. Schon früher konnte ich einer fremden Frau unbedenklich folgen, straßenweit und ohne Aussicht. Aber diese Frau ist keine fremde Frau. Zwischen uns zwanzig Meter und links schiebende Autos. Beinahe renne ich in eine Blinde mit Hund. Ich streife das blaue Straßenschild der Rue Truffaut. Ja, es ist verdammt wie im Film. Sie kommt gerade heraus. Wagen aus der Provinz fallen ein, schon Stoßstange an Stoßstange. Sie geht leicht, heiteres Licht auf den oberen Wangen. Sie wird mich nicht vermissen, so wie sie aussieht.

Ich streife eine Auslage. Etwas verrutscht. Erhobene Hände. Nur nicht aufhalten. Muscheln, glänzende Krebse, exotische Früchte. Fleisch auf weißem Marmor. Sie betritt die *Laverie Clichy*. Die Wäscherei. Noch immer zwanzig Meter. Ich stehe zwischen hupendem Blech. Sie kommt nicht zurück, betritt weiter unten plötzlich erneut das Geschäft *Au Jardin des Dames*. Ich drehe um. Wie ist sie dahin gekommen? Sie ist ein Phänomen. Sophie! Sie muss es sein! Endlich. Atemlos greife ich in die Orangenpyramide. Doch der Laden ist leer. Ein Mann und eine Frau mit ahnungslosen Kisten im Arm.

Sie wünschen?

Ich gehe. Kein Hinterausgang. Auch die *Laverie Clichy* ist leer. Nur ein stattliches Haus gibt es hier. Die Nummer 30. Da könnte sie wohnen. So, wie sie sich jetzt kleidet. Mit dem Rücken zur Wand nehme ich den Faden der Stadt auf. Einen Faden ihres Rockes, den Faden meines Lebens. Der Mann der Concierge schaut betreten, hängt im Parterre mit billiger Zigarre. Cimitière Montmartre. Rue Ganneron, Kaminrohre wie gekreuzte Finger, pinkelnde Hunde, die Rue Joseph de Maistre. Sophie tuckert und klopft in mir, eine schlecht versorgte Wunde. Sophie, verdammt. Gare du Nord. Die Métro bis Luxembourg.

Die Post in der Rue Cujas dämmert schmuddelig. Ich rufe von dort einen Verlag an. Ein weiterer Auftrag. Vor einem Institut stehen Gruppen junger Leute, rauchend, in weißen Kitteln. Einige haben belegte Baguettes. In der Rue Victor Cousin läuft, man glaubt es kaum, *Letztes Jahr in Marienbad*, als sei nichts gewesen.

Am Abend, um 20:45 Uhr, bringt das Fernsehen den Film *La confusion des sentiments,* Die Verwirrung der Gefühle, nach Stefan Zweig. Doch ich habe keine Lust beim Patron zu sitzen, den Hund zu kraulen. Stattdessen starre ich auf den Zettel, der in einem weißen, kleinen Umschlag in meinem Postfach liegt:

Du machst einen Fehler! Einen großen! Morgen Abend sehe ich Dich am Kino Odéon. 20:00 Uhr. Sophie

FÜNF

Ich weiß nicht, wie ich danach überhaupt geschlafen habe. Gegen fünf Uhr früh höre ich Rumoren im Hof. Mülleimer werden bewegt. Die hohe Schlucht scheppert. In einem Kasten wird mit Akribie gekramt. Ich gehe zum Lokus. Da zu sitzen scheint mir die Liquidation der Welt. Ganz ähnlich habe ich mich in einem leeren Restaurant gefühlt, das nach Gästen hungerte. Neulich. Im Zimmer lauern kaum Farben.

Ich habe etwas zu verteidigen. Meine schmale Habe. Meine Übersetzungen, von denen ich leben muss. Sophie ist das Chaos. Der Faden ihrer leichten, wippenden Röcke wickelt mich ein. Das Chaotische bedroht alles Sichtbare, alles Geschaffene. Fatal nur, dass das Chaotische alles Sichtbare erst richtig sichtbar macht.

Ich sollte mit dem Übersetzen anfangen. Stattdessen schaue ich in den Métroplan. Ich fahre bis Denfert-Rocherau und von da bis Kléber. Frage mich einer warum! Ich muss einfach. In der unauffälligen Rue du Belloy warte ich vor einem Hotel aus dem niemand kommt, rutsche ab in die Rue Mac-Mahon, zurück in die Avenue Marceau, ein Stück die Rue de Bassano, die Champs hinunter, die Avenue Churchill.

Ein Wagen schneidet das Ende des Gehsteigs ab, schleudert Wasser hoch, bremst. Eine junge, bildhübsche Frau mit Sonnenbrille lacht sprudelnd, zeigt aus dem Wageninneren auf den Fleck. Dann gibt der Fahrer Gas. Fatale Ähnlichkeit! Sophie!

Auf dem *Pont Alexandre*, der Nebel grau und dicht, ein junges, amerikanisches Paar mit Rucksäcken. Mit wahren Kunststücken versucht der junge Mann immer wieder den lachenden Mund des Mädchens zu erreichen. Unter dem krähenden Reliefhahn, grünlich oxidiert auf einem der Lampenfüße, rutschen beide lachend in ihr weiches Gepäck.

Es ist warm und grau und keine Sicht. Quai Conti. Hinüber in die Rue de l'Ancienne-Comédie. Ich werde unruhig. Der Geruch der Rue Monsieur-le-Prince tränkt den inneren Takt. Das ist nicht günstig. Jetzt stehe ich vor Sophies Haus. Hier hat sie länger gewohnt. Das Haus mit dem Frauenkopf im Fries. Diese Köpfe scheinen nur belletristischen Frauen gehören zu können. Am Eingang, fast hämisch, die Tastatur. Kein Knopf, kein Aufspringen der Tür. Keine Concierge. Zahlen wie bei Telefonen. Ein uneinnehmbares Haus.

Das Fenster oben ist verschleiert. Ich kann hier nicht bleiben. Ich kann ihren Leib nicht vergessen, ihre Unverschämtheiten, dieses gurrende Stöhnen, wenn ich sie liebte. Sie hatte kleine bienenwachsfarbene Brüste. Im Jardin du Luxembourg ist es warm. Ich habe Äpfel gekauft in einem Laden der oberen Rue Monsieur-le-Prince. Vier ganz ähnliche exotische junge Männer wogen ab, redeten, lachten, als sei kein Kunde zu sehen. Ihre Heiterkeit ging über alle und alles hinweg. Unterhalb des Denkmals mit Flauberts Kopf bleibe ich sitzen. Vor mir zwei Mädchen aus Deutschland, die in ihren linierten Heften Hausaufgaben für die *Alliance Française* erledigen.

Hôtel Janus. Mein Zimmer ist eine dunkle Kamera, in deren heller kleiner Fensteröffnung das Leben eingefangen wird. Ich schiebe die Wörterbücher beiseite. Den schweren *Larousse*. Das Heft mit der angefangenen Übersetzung liegt offen neben dem blauen Campingkocher. Die Fensterflügel sind geöffnet. Der nächste Satz müsste lauten: In der übernächtigten Straße, mit milchig verworrenen Fassaden, fand er das Haus nicht sofort. – Stattdessen schreibe ich *Sophie, Sophie. Sophie* …

Belletristische Texte sind mir die liebsten. Allerdings haben sie die Eigenschaft, mich hineinzuziehen und abzulenken, oder besser, ich habe die Eigenschaft, mich verführen zu lassen. Sie fallen mir einerseits leichter, andererseits brauche ich länger. Sophie hat mein ganzes Leben verzögert.

Mittags gehe ich in den Park. Noch immer sitzt da die ältere Frau bei grellem Segeltuch-Gepäck, mit dem Rücken zu den Vorübergehenden. Gebückt, ausgebleicht, still über einem Telefonbuch, das sie vielleicht nach Anlaufadressen für Gestrandete durchsieht. Unterhalb des Denkmals für George Sand liegt ein greller Fleck Sonne. Eine Taube im verzweifelten Wettflug mit einem Spatzen. Sie bilden längere Zeit eine für unmöglich gehaltene Harmonie.

Im *Petit-Latin* esse ich einen Salat mit Thunfisch und denke über das zerstörende und heilsame Wesen des Chaos nach. Eine Frau mit Kopftuch isst neben einem Mann mit schwarzen Locken und Schnäuzer nur dann, wenn er eine Gabel genommen hat. Ich fixiere sie und kann nicht glauben, dass sie aus vollem Herzen wie ein Hund hinter ihm herlaufen wird, in jeder Hand zwei Tüten, während er nichts als eine Gebetskette bewegt. In ihren Augen habe ich einen Traum gesehen. Schrecklich zu glauben, dass er sich nie erfüllen wird.

Spontan entschließe ich mich, in der Post der Rue Cujas die zentrale Polizeipräfektur im vierten Bezirk anzurufen. Ich hasse diese überlegene Kühle, mit der man *oui monsieur* sagt.

Ich möchte etwas zum Fall Langret aussagen!
Warten Sie! Ich verbinde.
Oui monsieur?
Ich möchte zum Fall Langret aussagen.
Warten Sie! ... Hören Sie, wir haben hier keinen Fall Langret!

Ich meine den Fall Sophie Langret!
Wir haben auch keinen Fall Sophie Langret.
Und was ist mit der Provinz?
Dann rufen Sie dort an!
Wird sie denn nicht gesucht?
Es gibt keinen Fall Langret, monsieur, au revoir.

SECHS

Ich berühre mein Manuskript fast liebevoll. Ein belletristischer Text, den ich aus dem Deutschen übersetze. Ein seltener Fall. Eine unglaubliche Sprache, in der man nach Legoprinzip ständig Neues schaffen kann. Da entstehen Worte, die man nicht für möglich hält. So etwas wie Nachtschattenfassadenlicht. Einfach unglaublich.

Genauso unglaublich ist es, dass Sophie gar kein Fall sein soll. Ich tröste mich mit dem Manuskript, dessen Einband eine sensible Narbung hat. Fast wie Haut. Aber die Haut Sophies!

Wild, vorwurfsvoll, aufsaugend, lammzart, und doch rau wie der Sand der Camargue. Das Manuskript fühlt sich wenigstens an, als sei es ein warmer Körper.

Über der Place Edmond Rostand liegt Ungehaltenheit. Es ist, als seien viele auf der Flucht. Unaufhörlich.

Die Welt, in der Sophie jetzt lebt, scheint von einer vibrierenden Holzwand umgeben, die alles übersteigert weitergibt. Ich bin ein Anwärter auf dieses Leben, noch immer, lege mein Ohr an, höre. Ich brauchte nur eine kleine Landzunge in ihr Leben hineinzubauen, um sie zu erreichen, die mit ihrem Duft immer wieder irgendwo auftaucht und versinkt.

Noch einmal die Post in der Rue Cujas. Man kann da kaum atmen. Die Präfektur von Pau. Schweigen am anderen Ende.

Von wo rufen Sie an?

Aus Paris.

Es gibt hier keinen Fall Langret!

Auch keinen Fall Sophie Langret?

Nein, Monsieur, es gibt höchstens einen Fall Chereau …

Sophie Chereau.

Wieso Chereau?

So hieß ihre Mutter. Langret war ihr Stiefvater. So hat sie sich manchmal genannt. Haben Sie etwas mitzuteilen, Monsieur? Monsieur!

Seit dem Telefonat umrunde ich das Panthéon. Der Platz ist riesig und es wird nicht langweilig. Der Vorteil ist, mein Zimmer befindet sich um die Ecke. Ich gehe noch einmal ins *Petit-Latin*. Omelette, Bier, Salat. Viel zu viel Brot. Der feiste Sohn des Inhabers verbringt seine Kindheit mit Micky-Maus und Pommes frites. Draußen bewegt sich tatsächlich das viereckige Bild des Türausschnitts. Autos, Menschen, Mischlicht und Regen. Der Blumenladen, das Chinarestaurant. Es ist, als sitze ich hier bereits Jahre. Die Röcke werden kürzer, werden länger. Frisuren ändern sich, die Schuhmode. Ein säuerlich riechender Hinterhof ist urplötzlich renoviert, bleierner Glanz auf einer fernen Treppe.

Mir stößt Sophie auf. Verdammt noch mal, wieso heißt sie Chereau und ich weiß nichts davon? Sie ist ein Parfüm, das man todsicher erkennt, und dann stimmt nicht einmal der Name. Kurz vorm Hotel falle ich über zwei sich merkwürdig überlappende Gebäude, in denen Dinge unentdeckt bleiben könnten.

Das Telefonbuch ist voller Chereaus. Keine Sophie. Aber sie ist in dieser Stadt. Da bin ich sicher. Den blauen, in der Mitte abgerissenen Zettel lege ich in den Kasten meines Rasierers: *Wenn du dies liest, bin ich tot. Versuche nicht, mich zu finden! Ich bin tot, verstehst du? Tot. Sophie*

Hinzu kommt die neue Nachricht: *Du machst einen Fehler!* *Morgen Abend am Kino Odéon.* *20:00 Uhr. Sophie* Sie lebt. Ich habe sie gesehen. In veränderten Lebensumständen. In der Rue des Dames. Auf einen dritten Zettel schließlich schreibe ich ihren richtigen Namen: *Sophie Chereau.*

Gegen 19:00 Uhr mache ich mich auf zum Kino Odéon. Natürlich werde ich da stundenlang umsonst stehen. Es dauert eine ganze Zeit, bis mir etwas auffällt. Das Gesicht auf einer farbig hochglänzenden Fläche, ganz unkünstlich unter einer nachlässig hochgesteckten Frisur. Standfotos. Es kann nicht sein, aber sie ist es. Sie spielt in einem Film mit und nirgendwo erscheint ihr richtiger Name. Ich kaufe eine Karte und lande in einer gerade begonnenen Geschichte. Sie ist tatsächlich Schauspielerin geworden. So, wie sie es immer vorausgesagt hat. Sie ist weder tot noch untergetaucht. Sie lebt und spielt in einem Film.

20:15 schon. Sie ist nicht da. Ich löse eine Karte. Sie lebt nur im Film. Aber was machst du da in diesem Film, fauche ich verärgert und hintergangen in meiner halbleeren Reihe. Was hast du da verloren? Im schwach besetzten Raum weiße, ovale Gesichter ohne Anteilnahme. Weiter rechts wird unentwegt geflüstert.

Ich kann der Geschichte nicht Herr werden. Am Ende weiß ich vor Aufregung nicht, was da eigentlich erzählt wurde. Im Abspann: Viel zu kurz und zu schnell der Name Soma Chegret. Etwas funkt in mir. Natürlich! Sophie Amadée hat sie geheißen. Aber den Namen Amadée mochte sie nicht. Chereau und Langret also. Eine Zusammenfassung, und wenn mich nun nicht alles täuscht, hat sie längst einen anderen Pass, der nur noch auf Soma Chegret lautet. Klingt Französisch und doch schrecklich exotisch. Ich habe ihr alles zugetraut, denn ich weiß von ihr auch ein paar andere Geschichten aus der Rue Saint-Denis. Immerhin ist sie da ein halbes Jahr auf und ab gegangen. Davon würde sie wohl heute nichts mehr wissen wollen. Ich habe das nur sehr schwer verkraftet. Ich will, was ich will, sagte sie immer. Sie war schrecklich lebendig und doch, wenn sie ein Zimmer betrat, dachte man, sie hat ein Talent fürs Sterben.

Ich sehe den Film noch einmal von vorn. Sie erlebt eine heftige Liebesgeschichte, die möglicherweise ihrem Tod vorausgeht. Ich weiß es noch nicht. Eine Geschichte, in der sie den Mann und der Mann sie häufig auf dem Umweg über das Dach besucht, eine Art Zinkweg, ein paar Stahlsprossen am Kamin hinab, an denen Sophies Absätze – ich werde sie auch weiterhin Sophie nennen – einmal hängen bleiben. Man hat mit Tricks gearbeitet. Über ein Balkongitter steigt sie, um sich dann in einem halbleeren Raum mit wehenden Stores vehement mit einem Fremden zu lieben. Diese Liebe will ich als Protest gegen mich gelten lassen. Die Küsse sind keine Filmküsse.

Immer wieder verlassen beide das Haus getrennt, als sei nichts geschehen. Die Kamera zeigt divergierende Wege von oben. Zwei Autos fahren nahezu gleichzeitig an und nehmen verschiedene Richtungen.

Ich vertraue dir, Sophie, sage ich leise und meine, dass ich wütend auf sie bin.

Ich berühre sie in diesen Bildern, aus denen sie nicht entkommen kann. Wo mag sie jetzt sein? Vielleicht spült sie gerade ein Glas, vielleicht hat sie ein Kind? Manchmal wirkt sie, als sei sie eine naive Fälschung.

Niemand soll mich suchen, sagt sie zu dem Mann.

Sie steht in einem naturbelassenen Türrahmen. Sie ist seltsam blass. Die Kamera fährt von unten auf sie zu.

Hörst du! Niemand soll mir nachsteigen. Hier endet unsere Geschichte.

Sophie verschwindet danach in einem U-Bahn-Schacht. Ich erkenne die nahe Station Cluny, die oft geschlossen ist. Man sieht noch einmal die heftigste Liebessequenz in verwaschen verzögerten Bildern. In der Schlussszene zeigt die Kamera das Haus von oben, das beide von verschiedenen Seiten hastig betreten. Ein Abbruchkran steht da jetzt als überdeutliches Symbol. Im Lärm der U-Bahn, die man nicht sieht, wird das Haus weiß ausgeblendet, brennt wie ein Foto ab, mit einer sich aufbäumenden, aufrollenden Fläche, als schreie es vor Schmerz.

Ich gehe betäubt, in den Knien ist es wolkig. Jetzt in diesem triefenden Abend haben die Häuser eine blecherne Haut. Ein Filmchen im Grunde. Ein paar gute Einfälle. Ein B-Picture ansonsten. Und doch für mich jetzt der Film der Filme. Ich werde jeden Tag hingehen, alle unentdeckten Details ausfindig machen. Und ich werde ein Telefon beantragen. Ich gehe, ich muss sie finden, hoffe auf Einlösung ihrer Erscheinung. Ich will, dass Sophie sich in mir quasi auf geburtstechnische Weise für immer etabliert. Aber ist das nicht längst geschehen? Ist das nicht ein für alle Mal passiert? In jenem Augenblick vor etwas über sechs Jahren, als sie hinter dem Métroplan an der Station Rue Vavin die Treppe hochkam und alles in mir bisher Gewesene einfach überrannte? Ich war gerade neunzehn Jahre alt.

SIEBEN

Mach deinen gierigen Mund zu, von mir kriegst du nichts zu fressen! So oder so nicht. Mai 1993. Das war das Erste, was sie je zu mir sagte. Ohne mich anzusehen. Dann schritt sie an mir vorüber. Ja, sie schritt förmlich. Ich starrte sie an, vergaß augenblicklich meine Vorlesungen am Boulevard Raspail, folgte dem wippenden kurzen Rock, dem Lackgürtel, dem weißen engen T-Shirt, den wogenden Haaren in gebührendem Abstand. Es war wie eine Betäubungsspritze, die gleichzeitig euphorisch macht. Sie hatte es nicht weit, überquerte spielerisch den Boulevard, verschwand in der Rue Vavin und sprang in ein Haus der Rue Notre Dame des Champs. Ja, sie verschwand springend, als habe die Fassade sie verschluckt. Phänomenal. Man sah sie eine Tür öffnen und wusste doch, sie hätte gar keine Tür gebraucht.

Sie war schön und unverschämt. Ihre Lippen vorwurfsvoll aufgeworfen. Die zierliche Nase täuschte über ihre Entschlossenheit. Schwarzbraune Locken wippten kurz, ein Zelt im Wüstenwind. Ihre Waden blinkten, die linke Hand schien ständig mit jemandem zu reden, während die rechte eine arg heruntergekommene Schultertasche festhielt, aus der allerlei beschriebenes Papier lugte. Ein Pulli war daran festgebunden, als stünde er unter verschärftem Arrest.

Wozu studierte man überhaupt, wenn man während der Vorlesungen solche Erscheinungen wie Sophie verpassen konnte? Ich begann mich ernstlich zu fragen, ob geistige Arbeit nicht am eigentlichen Leben vorbeiarbeitete. Inzwischen war es 11:00 Uhr, die Vorlesung lief seit einer Stunde. Es tat sich nichts. Ich ging auf und ab, dann fiel mir ein, dass sie ja weder Ein- noch Ausgänge brauchte. Sie konnte überall entkommen. Ich zog mich zurück in das Eckcafé der Rue Vavin/Rue d'Assas, das ständig von Studenten besetzt war. Vielleicht war ihre Vorlesung anderswo.

Doch vielleicht aß sie ja auch mittags hier. Möglicherweise aß sie überhaupt nicht. Ihr traute ich alles zu. Ihr Duft war für immer in meiner Nase.

Wie den nächsten Tag beginnen? Die alles entscheidende Frage. Einfach weitermachen wie bisher? Ausgeschlossen. Ich würde sie heimlich fotografieren. Claude hatte einen Apparat mit 135er Objektiv. Würde er ihn verleihen? Um 09:00 Uhr träfe ich ihn in der *Salle Neuf* der *Sorbonne*. Saal Nummer neun. Claude war immer da und verhalf mir so zu einer Vorlesung, von der ich an diesem Morgen so wenig überzeugt war wie nie. Ich dachte unentwegt an dieses herrlich-freche Geschöpf. Sie hatte etwas Wildes; der Midi, der Süden, die Landschaft Ardèche kamen in ihr hoch. Ich musste unbedingt am Nachmittag noch zur Rue Notre Dame des Champs. Das Haus, in das sie gesprungen war. Was, wenn sie dort gar nicht wohnte?

Eine Woche lang geschah nichts. Ich hatte die Vorlesungen wieder aufgenommen, schließlich wollte ich in der Gegend bleiben. Claude hatte seinen Fotoapparat ungenutzt zurückerhalten und ich richtete mich darauf ein, meinem Vater nun Semester auf Semester meine Fortschritte zu erklären. Die Post streikte mal wieder. So war ich wenigstens sicher vor unerwünschten Briefen. Aber wenn Sophie schrieb? Doch wer schrieb mir schon, außer meinen Eltern. Jede Woche einmal riefen sie an. Regelmäßig.

Mitte April. Es war ungewöhnlich warm. Die Leute packten ihre Sommersachen aus. Ich ging mit Claude in unser kleines Restaurant in der Rue de la Grande Chaumière. Zu Semesterbeginn war es dort noch nicht ganz so voll. Und da saß sie. Mit einem Typen im Afrolook. Haare gefärbt, einen ganzen Laden Lederbänder am Arm. Sie tat, als ob sie mich, das Kontrastprogramm, nicht sähe. Jedenfalls sah ich nicht aus wie ein drapierter Franzose. Sie redete unaufhörlich, die Hände machten ungewöhnliche Drehungen, wie man sie bei Bali-Tänzerinnen sieht. Ich hatte Schluckbeschwerden. Ihre Knie standen ziemlich weit auseinander, die Füße einer Ballett-Tänzerin, ganz nach außen. Vielleicht war sie aber nur auf dem Sprung.

Das ist sie, sagte ich leise zu Claude. Sie ist es! Mein Gott. Aha, dein Gott!

Wir saßen so, dass ich sie sehen konnte, aus der Diagonale. Irgendwo dazwischen war ein willkommener Rücken, hinter dem ich aufatmen konnte.

Wahnsinn, sagte Claude, aber die ist schon besetzt.

Ich kann nicht mehr schlafen, sagte ich. Sie ist ein offenes Feuer.

Guck dir den Typen an, und du schläfst wieder.

Ihre Lippen schienen am Brot zu reißen, als gäbe es bald nichts mehr, die Hände waren überall gleichzeitig. Ihre Augen glühten höllisch und versandten gelegentlich giftige Pfeile. Sie brachte mich völlig aus dem Lot. Ich hatte nichts zur Hand, als einen Körper ohne Werkzeug, einen Kopf ohne Wissen. Da oben waren nur noch Herz und Seele, eine einzige, verworrene Masse.

Ich musste ihr folgen, musste wissen, wo sie wohnte, ob sie mit dem Typen Händchen hielt. Musste wissen, ob sie wirklich studierte und ob wir Vorlesungen geschickt abstimmen könnten. Sie berührte ihn die ganze Zeit nicht. Sie lachte nur ab und zu grell auf. Irgendwann machte sie sich eine Notiz und hielt sie ihm hin.

Plötzlich stand sie abrupt auf, griff nach ihrer schwarzen Tasche und fauchte den Typen an:
Zur Strafe bezahlst du alles!
Ich flüsterte Claude zu: Bitte bezahle du, ich muss hinterher.
Sie kam vorbei, zögerte, zeigte auf meinen Teller, sah auf die Tür und meinte:

Mach deinen gierigen Mund zu! Auch davon wirst du nicht satt werden!

Dann rauschte sie hinaus. Ich rannte ebenfalls und merkte erst auf dem Boulevard Raspail, dass ich die Serviette noch im Bund stecken hatte. Sophie war schon auf der anderen Seite und wollte gerade in die Métrostation Vavin hinab, als sie sich umdrehte und eine völlig andere Richtung nahm. Sie tat es in einer abgerissenen, abrupten Weise, die man für unmöglich hielt.

Vor mir flanierten grüngelbe Blätter. Sie war der Prototyp der Liebe, das Sinnbild ewiger Dauer. Eine Schamanin. Doch ewig war entschieden zu lang. Speziell, weil ich sie noch nicht kannte. Ich stellte sie mir nackt vor, auf einem weißen Pferd der Camargue. Nur mit Stiefeln bekleidet. Notfalls mit einem gewundenen sandfarbenen Tuch um die Hüften. Ich war schließlich neunzehn. Vieles war damals noch kein Klischee, sondern Neuland für mich.

Der leere Raum, der jetzt vor mir lag, war bis zum Horizont mit Ahnungen und Ablagerungen gefüllt. Sie durchquerte den flirrenden Luxembourg-Park. Sie wusste, dass ich ihr folgte, aber sie sah sich nicht um. 15:00 Uhr. Im Hauptweg, kurz vor dem Ausgang Saint-Michel, setzte sie sich auf einen der blassgrünen Metallstühle und zog die Beine hoch. Ich ließ mich gegenüber nieder, zwischen unablässig verschieden schnell pendelnden Menschen; Studenten, Frauen mit Kleinkindern, alten Männern, die Tauben fütterten.

Es war mir unbegreiflich, wie sie derart in diesem Stuhl sitzen konnte. Ihr ganzer Körper war da untergebracht, die Beine, sogar die Füße überkreuz, die Mappe, in der sie kritzelte. Ihre Beine glänzten mattbräunlich, wiesen – manchmal standen die Knie aufrecht, die Fersen auf der Stuhlkante – auf höllische Leidenschaft hin. Gelegentlich blitzte ein Weiß auf und blendete meinen Verstand.

Natürlich konnte ich nicht arbeiten. Auch ich hatte meine Mappe aufgeschlagen, eine rote von *Gibert*, aber die Buchstaben sagten nichts. Sie standen einzeln und ergaben keinen Sinn. Ich hätte am Ausgang Eis holen können, aber dann wäre sie garantiert weg gewesen, wenn ich zurückkäme. Ich hätte meine Mappe bei ihr lassen können, quasi als Pfand, aber die hätte sie einfach mitgenommen, oder liegen lassen. Ich war sicher, sie wusste mehr von mir als ich von ihr, obwohl auch sie mich nicht kannte.

Ich bat einen Jungen für mich Eis zu holen. Er kam balancierend zurück, und ich wollte ihn gerade zu ihr hinüberschicken. Doch in diesem winzigen Moment, als ich ihn mit zwei schwankenden Eistüten beobachtete, war sie verschwunden. Ich ließ dem Jungen das eine Eis, doch die bis dahin lesende Mutter, die erst jetzt aufmerksam wurde, warf ihr Strickzeug hin und gab es mir entrüstet zurück. Der kleine Junge stieß die Füße wütend in den Kies. Ich zuckte die Schultern. So saß ich dann längere Zeit mit zwei Eistüten, von denen die eine, bis ich die andere gegessen hatte, schon halb zerlaufen war. Es gab plötzlich viel mehr als vier Himmelsrichtungen.

ACHT

Zwei tote Stunden lang ging ich in der Rue Notre Dame des Champs auf und ab. Einen Moment hatte ich den leeren Stuhl ungläubig fixiert, der so leer war, wie man es sich nur vorstellen konnte. Dabei saß dort längst eine andere Person. Eine unbewegliche, alte Frau, den Mund mit grauen Prielen gezeichnet, im Gesicht ein großer schwarzer, verkarsteter Fleck. Das bissige Alter, steinerne Flächen, ein menschenleeres Haus.

Jetzt gab es schon drei Anlaufstellen. Die Métro Vavin, das Haus in dieser verflucht toten Straße, das kleine Restaurant der Rue de la Grande Chaumière. Und ich war sicher, an allen drei Plätzen würde sie nicht wieder auftauchen. Dennoch war es ausgeschlossen, dass wir uns nicht mehr begegneten. Es konnte einfach nicht sein! Ich ging am nächsten Mittag zur Rue Descartes. Nah beieinander las ich Signale wie: *La mort subite* und *Ecole maternelle*. *Der plötzliche Tod* und *Kindergarten*. Das noch unfertige Leben meiner Bronze-Schönheit konnte gar nicht besser eingegrenzt werden. Plötzlich schienen die Auslagen um die Place de Contrescarpe zu explodieren. Alte stocherten in Körben, zogen ihr zahnloses Lächeln mit. Krebse mit verbundenen Leibern und Zangen. Schließlich kam ich nach einer großen Runde zur Rue de Abbéde-l'Epée, dann den Boulevard Saint-Michel hinunter. Ich setzte mich auf meinen alten Platz im Park und beobachtete da einen Greis, den die Tauben offenbar mit ihrem Schlag verwechselten. Zeitweise war er kaum noch sichtbar. Sah diesen Polizisten, der unnachsichtig einen Hund verfolgte, um am Abend seiner Frau erzählen zu können, er sei für Frankreich unentbehrlich.

Nach Hause zu gehen war jetzt unmöglich. Die Rue Monsieur-le-Prince zog mich hinab bis ins Mabillon, Neunzehn Grad. Zwei Kaffee zu 12.00 Franc. Der Kellner balancierte gekünstelt, ein wahrer, schlechter Schauspieler. Aus Verzweiflung schrieb ich ein längeres Gedicht.

Vielleicht würde ich ihr doch nie wieder nahekommen. Es bestand immerhin die Möglichkeit, ihr nicht mehr zu begegnen. Und dabei wollte ich sie mit Haut und Haar. Ich schimpfte innerlich auf mein französisches Bildungsbürgertum, auf die Art wie ich mich kleidete. Ich haderte mit meinen Eltern und den Ansprüchen, die sie an mich und das Leben stellten. Und auch noch an das Leben, das ich später führen würde. Aber wäre ich ihr anders überhaupt aufgefallen?

Mach deinen gierigen Mund zu, von mir kriegst du nichts zu fressen! So oder so nicht.

Der Satz war vernichtend und auffordernd. Darin lag: Ich brauche dich nicht. So einen wie dich. Oder: Ich weiß genau, was du von mir willst, Bürschchen. Du bist so was von hungrig auf eine wie mich, dass es dir an Augen, Mund und Nase herauskommt. Aber auch: Wenn du aufgibst, bist du selber schuld. Wer aufgibt, kann kein Früchtchen ernten.

Ich war tatsächlich mehr als hungrig. Mit einem Male wusste ich genau, welche Nahrung ich brauchte, was Kopf und Körper wollten. Ich konnte an nichts anderes denken. So eine könnte ich meinen Eltern nie vorstellen. Aber wer wollte das überhaupt? Mit einem Mal schmiss ich alle für selbstverständlich gehaltenen Regeln um. Das Netz wurde brüchig. Das Vorstellen einer Freundin auf eine ganz bestimmte Art und Weise, nur zu festgelegten Zeiten anzurufen, Abschlussfeiern, Rituale. Man wohnt in diesem oder jenem Bezirk. Man ist Mitglied in dieser Vereinigung oder jenem Club. Doch sie ließe sich sowieso niemandem vorstellen. Wenn überhaupt, stellte sie sich selbst vor. Und dann war man auf nichts mehr gefasst. Sie war ein Ereignis, eine schöne Naturkatastrophe. Wenn sie ausbrach, legte sich heiße Asche auf alles, was einen umgab. Doch was nutzte dies Feuer, wenn man nicht wusste, wo es wohnte, welchen Namen es hatte. Ich packte meinen Kram zusammen und ging den gleichen Weg zurück. Das Gedicht zerriss ich und warf es in den Abfallkorb. Mit Claude würde ich am Abend bei einer Zwiebelsuppe quatschen.

Bevor ich den tosenden Boulevard Saint-Germain überquerte, verließ direkt neben mir eine junge Frau den Wagen mit getönten Scheiben und nahm an meinem leergewordenen Tisch Platz. Ihre Haut war hell, bestenfalls matt. Sie sah ins Endlose, hatte keine Eile, Geld genug für alles oder nichts und entsprechende Langeweile. Nach solchen Frauen hatte ich früher regelmäßig Ausschau gehalten. Plötzlich fand ich sie fade in ihrer maßlosen Gepflegtheit. Sicher sprach sie äußerst gewählt und war bereit für die richtige Partie. Solch eine Schwiegertochter hätten sich meine Eltern gewünscht. Sie lebten in Tours, wo man, wie sie immer wiederholten, das beste Französisch sprach. Womit meine Mutter nicht fertig wurde, war die Tatsache, dass mein Vater seine Praxis nicht in Paris hatte. Das war ein großes Manko, wie sie dachte. Doch daran war Gott sei Dank nichts zu ändern. Schattenworte begleiteten mich über das Carrefour Odéon hinaus. Variationen des Satzes:

Mach deinen gierigen Mund zu, von mir kriegst du nichts zu fressen! So oder so nicht.

Ein Satz, den ich nach und nach noch faszinierender fand, für den ich ihr danken wollte, weil er mir die Augen für meine wahre Natur geöffnet hatte. An dem Tag, an dem ich sie in ihrem vermutlich chaotischen Zimmer nahezu totgeliebt hätte, würde es sein wie ein sanftes Türschließen von innen. Sie wäre untergegangen in mir, angekommen in ihrem Pendant, ausgefranst vor Erstaunen und Hingabe.

Sicher hätte sie die Füße auf dem Armaturenbrett, wenn sie mit jemandem rausfuhr, Tätowierungen am Hintern, das Lexikon des Argot in der Seele. Sie beherrschte vulgäre Gesten mit aufmüpfigem Charme. Ihre Stimme hätte verschiedene Tessituren gleichzeitig und könnte sich über hunderte von Metern verständlich machen. Sie könnte auf Fingern pfeifen und mit Messern werfen. Über Seile ginge sie ohne Stange und ihre Brüste ließe sie im Ausschnitt vibrieren. Das auf jeden Fall!

NEUN

Am nächsten Tag war ich in den Buchläden des *Linken Ufers*. Sie boten die nötige Stille für mein lädiertes inneres Terrain. Ich musste plötzlich an den alten jüdischen Kleiderladen der oberen Rue Saint-Jacques denken, wo ich zwei Mal ungeliebte Anzüge verkauft hatte, nach denen meine Eltern noch lange bei jedem zweiten Besuch fragten. Der alte Mann, warzig, mit arg schräger Baskenmütze und freundlicher Skepsis, ein schon in der Vergangenheit abgelegter Mensch. Er sagte *Ohjeje*, schlurfte zu seiner Holzschatulle unterm Tisch, gab schwer seufzend viel zu wenig Geld heraus und flüsterte: *Aber sagen Sie es keinem! Ist ja ein halbes Vermögen!* Der Laden war seit kurzem verschwunden.

Meine Mutter sprach oft vom Segen strenger gesellschaftlicher Regeln in unserem Land. Sie ließ darüber hinaus nur den Ton gelten, den Paris angab und den sie stets lückenlos zu empfangen meinte. Sie ignorierte einfach, dass sie in Tours lebte und bildete sich ein, Paris fände in Tours statt. Lediglich Leuten vom Theater verzieh sie unkonventionelles Benehmen. Man grenzte Künstler wohlwollend aus, es entlastete einen selbst. Manchmal veranstaltete sie so genannte literarische *Déjeuners*, die meinem Vater, der im Übrigen ihrer Strenge und Genauigkeit vor mir und meinem Bruder zustimmte, auf die Nerven gingen. Dauernd führte sie verächtlich den Namen *Marie-Chantal* im Mund, die äußerst beliebte Figur der hohlen Neureichen, für die Kultur im Höchstfall nur die bloße Wiedergabe von Meldungen und Notizen ist. In Tours, wie anderswo, gäbe es zu viele Marie-Chantals, behauptete sie. Damit hatte sie vermutlich Recht.

Wenn sie auch nur geahnt hätte, dass ich wie ein heißer Hund einer jungen Frau nachjagte, die sie als Flittchen bezeichnen würde! Dabei konnte ich nicht einmal richtig jagen, denn ich wusste nichts von ihr, außer dass sie zufällig und überall einfach auftauchen konnte. Ich zitterte ihr eher entgegen. Wenn meine Eltern geahnt hätten, dass ich mich von einer Frau begeistern ließ, die nichts von dem hatte, was sie selber schätzten, hätten sie mich nach Hause zitiert. Die frivol aufgeworfenen Lippen, frecher Gang, wippende Fähnchen, der Jargon, der dunkle Teint, als sei ihre Familie am Maghreb vorbeigekommen! All das hätte sie veranlasst, mich in einem strengen Institut unterzubringen.

Ich kannte so eine Einrichtung für Studentinnen in der Rue Tournefort und war wenig begeistert. Ein solches Haus hätte meine unbekannte Flamme einfach einstürzen lassen. Denn sie war eine Flamme. Sie brannte unentwegt, fast wie die unterm Triumphbogen. Sie hielt jedem Wind stand und hatte tausend Farben. Sie hätte sich laut lachend auf die herrlichen Schenkel geschlagen, wenn sie gehört hätte, dass meine Eltern im Prinzip noch immer dem *Code Napoléon* anhingen, einem Regelwerk, das die Frau beinahe *mineure* bleiben lässt, *minderjährig*. Sie lebten, ein Unding, tatsächlich in dieser fatalen Gütergemeinschaft, was kein moderner Mensch mehr vertreten kann. Obwohl, hätte ich bei Sophie überhaupt nachgedacht?

Die französische Familie, mein Sohn, sagte mein Vater, ist ein geheiligtes Terrain, ein unbekanntes Land für Leute, die da nicht hineingehören. Dass dies auch ein Segen ist, wirst du erst später schätzen.

Sie platzte haargenau in diese Erinnerung. Die Ecke Rue Pierre-Sarrazin/Boulevard Saint-Michel. Ich sah mir gerade verbilligte Bildbände an. Ich war noch weit davon entfernt, die Avenue René Coty mit ihr hinaufzugehen, Stunden mit ihr im Parc Montsouris zuzubringen. Das schwarzbraune, die Sonne reflektierende Haar flog leicht wippend, der Mund erstaunlich still. Ich war weit von ihrem späten Zimmer. Weiß, blau ausgelegt, ein Regal im Türrahmen, das flache große Bett, der Tisch am Fenster, das riesige Waschbecken, in dem sie ungeniert alles an sich wusch, in einer Nische. Ich starrte sie an, sie zog nachlässig einen Finger den Tisch, den Titel eines Buches, sie beachtete mich nicht und zog sich, wie es schien, schamhaft an. Aber da waren wir noch nicht.

Ich folgte ihr bis zur Rue des Anglais. Als ich sie bei den Büchern entdeckte, verschlug es mir wieder die Sprache. Ich traute mich nicht. Sie hingegen war souverän in ihrer Gleichgültigkeit. Angeblich wusste sie nicht, dass ich vier Meter von ihr entfernt war. Sie ließ jedenfalls nicht erkennen, dass sie mich sah. Meine Augen bissen sich an ihr fest. Der Abstand zwischen uns genügte gerade, dass ich nicht verbrannte. Sie schien mich nicht zu sehen, machte auf dem Boulevard Saint-Germain eine Art Tanzfigur. Es sah überlegen aus und hatte einen leichten Schlag ins Billige. Vielleicht war es ja eine Aufforderung, vielleicht eine Absage. Wahrscheinlich hatte sie mich dabei gar nicht im Auge. Sie verschwand schnell in einem schmuddeligen, dunklen Hauseingang an der engsten Stelle der Rue des Anglais. Und dann, ich saß auf dem Bordstein, als ich sie schon für heute verloren geglaubt hatte, schoss sie daraus hervor, als habe sie gerade jemand von drinnen abgefeuert.

Ich hasse graue Pullis und blauweiß gestreifte Kragen, fauchte sie. Das ist alles so *cool*. Und drunter bist du heiß wie Lumpi.

Du machst mich fertig, sagte ich. Ich kann schon nicht mehr lernen.

Wozu lernst du, ihr habt doch Geld genug!

Ich lerne weil ich ... unabhängig sein will. Und ...
Unabhängig! – Du bist so abhängig wie nur was. Das fängt bei
der Kleiderordnung an. Und von dem da unten auch!
Und ... was machst du so?
Ich mache nur wozu ich Lust habe!
Sag mir wie du heißt!
Ist wohl ein Verhör? Na egal. Ich bin Sophie, wenn dir das
hilft. Sophie Langret. Und die bleibe ich. Den Namen Langret
kannst du gleich wieder vergessen.
Sophie ... Sophie Langret, aha.
Komm rein, wenn du willst, vielleicht musst du ja mal pinkeln.
Aber glaub nur ja nicht, du kannst irgendwohin greifen. Ich bin
schwer bewaffnet.

Dass sie bewaffnet war, konnte ich sehen. Sie hatte so einiges,
was einen zur Strecke bringen konnte. Sie brauchte gar kein Messer zu zeigen. Vielleicht aber hatte sie tatsächlich Tränengas oder
einen von diesen modernen, elektrischen Niedermachern. Möglich war sogar eine Knarre mit sechs Schuss. Ich traute ihr alles
zu. Und ich fand es wahnwitzig aufregend, ihr all das zutrauen zu
können. Todsicher wohnten ihre Leute in einer üblen Straße des
18. Bezirks, oder in tristen Arbeitervororten.

Was für ein Chaos! Zuerst hing die Tür am Boden fest und sie
musste sie mit dem Knie aufstoßen. Dabei machte sie keine Kom-
promisse. Ein hohes, schmales Fenster. Keinerlei Lack mehr am
Holz. Ein finsterer Schrank, ein Waschtisch, zwei Betten. Eins
links vom Fenster, das andere rechts. Das rechte Bett war ziemlich flach. Eine Jeans trocknete an einer gespannten Kordel. Auf
dem anderen Bett türmten sich Klamotten. Ein Bidet, Kommode,
der alte Fernseher, ein abgestoßener Sessel.

Willst du was trinken?
Ich nehme was du nimmst!

Keinen eigenen Willen, was?

Gut, dann nehme ich eine Cola mit Bacardi.

Ich habe nur Wasser und Rotwein.

Na gut.

Was, na gut?

Na gut, einen Rotwein.

Du wolltest Wasser, sei ehrlich ... willst nur nicht ... so langweilig sein. Sag schon!

Nein, will ich nicht.

Bist du aber.

Du hast keine Ahnung.

Ich hab' jede Ahnung die du willst. Jede.

Ich nahm es ihr ab. Ihre Waffen waren so scharf, dass ich Doppelbilder sah. Ihr Duft machte mich wild, und ich wollte mich um jeden Preis mit ihr solidarisch erklären. Man wäre sich total einig gegen Eltern und Verwandte, wollte, dass alles, was diese Welt ausmachte, anders wäre als bisher und einen mit dem anderen zusammenschmiedete. Ich hatte noch keine Ahnung, dass Solidarität das Selbst einebnen und damit wieder zunichtemachen kann, was vorher so bunt als neues Zeitalter aufgestiegen ist.

Trinkst du nicht?

Doch, ich dachte nur nach.

Folge deinem Instinkt, deine Leute denken zu viel.

Wenn ich meinem Instinkt folge, scheuerst du mir eine.

Kommt darauf an!

Worauf?

Mann, eben darauf! Kann ich noch nicht sagen.

Ich fand, das war jetzt eine verteufelt gute Gelegenheit. Plötzlich musste ich zur Toilette und sie schickte mich über den Flur. Ich hatte keinen Schimmer, wie ich es anstellen sollte, keinen Fehler zu machen.

Wasch dich auch ein bisschen, rief sie hinterher.

Mir wurde flau. Ich hatte Mühe, mich auf dem winzigen Klo zurechtzufinden. Ziemlich aufgelöst kam ich zurück. Mein ganzer Vorgarten war kühl vom Wasser. Als ich hereinkam, stand sie da in Slip und Unterhemd, wahnsinnig weiß auf der sonnenbraunen Haut, sagte *sooo*, und legte ein schwarzes Handtuch hin. Das Bett war ganz aufgeschlagen, man sah altmodische Matratzenschoner durchschimmern.

Den Pullover willst du wohl nicht anlassen, was? Ich muss ein bisschen Schlaf nachholen, kannst mir den Rücken wärmen.

Ich glitt neben ihr ins Bett. Mein Verstand setzte aus, ich legte die Hand auf ihre Brust. Sie wuchs da an und ich wusste nicht weiter.

Du hast bestimmt bis jetzt gedacht, du könntest vom Leben nichts Leichtes erwarten, he?

Ja, dachte ich. Jedenfalls …

Quatsch, das Leben kann gar nichts wollen!

Nein, vermutlich nicht.

Nur du kannst etwas wollen!

Ist klar.

Wenn du selbst nicht leicht bist, ist alles andere eben schwer.

Aha. Ja. Klingt logisch.

Ist es auch. Hast du 'nen Namen?

Jacques.

Ziemlich originell!

Traditionell.

Sicher.

Sophie klingt auch ziemlich heilig.

Ich bin heilig. Ich bin mir heilig. Du hättest wohl eher auf Patty getippt, oder so was?

Ja, vielleicht eher.

Du kannst die Hand da lassen, es wird aber nicht viel nützen.

Ich dachte …

Lass uns 'ne Runde schlafen!

Ich tat kein Auge zu. Alles andere war auch ziemlich wach. War das eine Rückzahlung Glück für einigen Verdruss, den ich mit ein paar Mädchen gehabt hatte? Auch wenn am Ende wieder Verdruss stand, würde er zumindest erträglich sein, bei dieser wahnsinnigen Vorstellung. Sie war ein Sonnenkosmos. Die Brandwunden könnte ich mir noch nicht ausmalen, aber ich wollte sie auf jeden Fall ertragen.

Natürlich zerfloss die Zeit in meinem Kopf. Ich dachte an nichts. Ich achtete darauf, meine Position nicht zu sehr zu verändern. Mich interessierte nur sie. Ich sah auf einen Fleck an der Wand, auf die Fassade gegenüber, die hinter schäbigen Gardinen zerfloss, oder ich betrachtete mein Gesicht im Spiegel des desolaten Schrankes. Dreiviertel davon konnte ich sehen. Sie schlief tatsächlich sofort ein. Ich lag da, als stände ich in Wahrheit mit einem heißen Topf in der Hand und könnte ihn nirgendwo abstellen. Als sie sich auf den Rücken drehte, schob sie mich zur Wand. Irgendwann legte ich meinen Kopf auf ihren Leib, sah zu, wie die Welt sich unmerklich veränderte. Das Licht wurde weniger. Ihr wunderbarer, weicher Venushügel unterm Slip warf einen größeren Schatten. Die Geräusche in ihrem Bauch klarten auf, ja sie klangen fröhlich, und in diesem Moment hätte ich ihr jede Philosophie abgenommen.

Ich roch ihre warme Haut, die zwischendurch durch ein Wunder abkühlte, nur um wieder aufzuheizen. Schließlich drehte sie sich erneut auf die Seite und drängte ihren Hintern gegen meinen Bauch. Meine Hand glitt auf ihren kleinen Hügel, den seidigen weißen Stoff und kreiste da. Sie begann nun, ihren Po rotieren zu lassen und es gab nur noch einen Ausweg. Sie stöhnte, machte, wie es mir schien, ganz übertriebene Geräusche.

Und da bewegte sich plötzlich das Bett gegenüber. Der Haufen Klamotten, die Decken kamen in Bewegung. Ein Hund möglicherweise. Aber dann tauchte ein Kopf auf, ein weiblicher Kopf mit dunklen, kurzen Locken. Mir fiel absolut nichts mehr ein, doch Sophie rotierte seelenruhig weiter und schien sich nicht ablenken lassen zu wollen.

Ich will auch was davon, sagte das verschlafene Bündel. Du kriegst gar nichts, er hat auch schon genug gehabt. Er hat es bereits zu weit getrieben! Jacques, das ist Sylvie, meine Untermieterin. Sie schläft zu den unmöglichsten Zeiten und immer unter Deck.
Hallo ... eh, Sylvie, entschuldige ...
Hallo Jacques!
Du brauchst dich nicht zu entschuldigen, sagte Sophie. Sie ist meine Untermieterin und kennt die Bedingungen. Ich hab' nur aufgehört, weil du noch nicht dran bist. Ich hätte weitergemacht, wenn ich gewollt hätte.

Sie war blitzartig angezogen und griff nach ihrer Tasche. Ihre Hände ordneten vier Dinge auf einmal, dann verwischte sie das Ganze wieder.
Wir gehen noch was essen, rief sie an der Tür. Komm Jacques! Starr sie nicht so an. Ich habe einen schöneren Hintern als sie.
Draußen sagte sie noch, dass auch ihre Brust schöner sei, und ihre Intelligenz sei auch nicht von Pappe.

Wir gingen in ein Bistro am Boul' Mich und aßen uns satt. Ich hatte das Gefühl, dort zu vollenden, wozu ich in Sophies Bett nicht gekommen war. Dort zu sitzen mit ihr, war ein Moment höchster Reinheit und Einfachheit, war Luxus und stille Ekstase. Ich stellte der Welt keine Fragen, weil sie mir nun vollkommen schien. Morgen früh, wenn ich den Tag vorsortierte, würde ich ihr Gesicht als unbekannten Stern aufgehen sehen und für möglich halten, jede kommende Schwierigkeit zu meistern; selbst meine Prüfungen, ohne die ich nicht in Paris bleiben konnte. Ich hatte nicht einmal Mühe mir vorzustellen, jetzt allein in mein Zimmer zurückzukehren, weil ich daran dachte wie herrlich es wäre, wenn meine Sehnsucht nach ihr hungerte, An der Ecke Rue des Ecoles/Rue Thénard verabschiedete sie sich schnell. Sie hatte unerwartet alles bezahlt, und nichts hatte sie dazu bringen können, meine Einladung anzunehmen.

Ich werde immer anders und woanders sein als du glaubst, sagte sie. Wir sehen uns. Komm nicht einfach her.

Natürlich, sagte ich, und suchte einige Zeit nach Orientierung.

Sie wippte davon; natürlich sah sie sich kein einziges Mal um.

Auf gar keinen Fall.

ZEHN

Meine Eltern hatten dem Hôtel Janus zugestimmt, weil es so nah an der *Sorbonne* lag. Am liebsten hätten sie sich jeden einzelnen Bewohner angesehen und nur männliche Mieter akzeptiert. Tatsächlich umfing asphaltfarbene Schwere das schmale Gebäude. Der Flur war dunkel und spie einen am liebsten gleich wieder aus. Es war, als könne sich das Haus auch mit einem helleren Anstrich nicht aus seiner Schwermut lösen. Mir machte das nichts. Ein typisches Pariser Haus. Wenn ich drinnen war, den Blick über die Dächer auskostete, war das Leben irgendwie aussichtslos schön. Mir fielen lauter Bücher ein, die ich schreiben wollte und ich hatte bereits drei angefangen. Eins davon war bis zur Seite vierzig gediehen. Außerdem, in Paris als Student in einem mieseren Haus zu wohnen als man gewöhnt war, gehörte zu den erstrebenswerten Veränderungen.

Mein Vater maß meinem Aufenthalt dort schließlich auch einen erzieherischen Wert bei. Ich war jedenfalls froh, nicht mehr in Tours zu sein, nicht mehr über alle möglichen Verwandte nachdenken zu müssen, darüber, wer als echter Onkel oder echte

Tante galt und wen man in eventuellen Briefen als *mon cousin* anzureden hatte.

Wenn du Bücher schreiben willst, eine sehr ehrenhafte, wenn auch wenig nahrhafte Sache in Frankreich, sagte mein Vater, dann steht zunächst einmal die *license en lettres* an. Überhaupt, wenn du ins Verlagswesen willst, oder was auch immer in dieser Richtung tun willst, darunter kommst du nicht weg. Am Ende steht jetzt erst mal das.

Er hatte Recht, und wenn ich Sophie nicht mehr aus den Augen verlieren wollte, musste ich mich an die Zwischenprüfungen halten. Unter *gut* kam ich nicht weg. Drunter brauchte ich gar nicht nach Hause zu kommen. Ich hätte mich notfalls in eine vorgebliche Krankheit retten können und das hob ich mir für alle Fälle auf. Was mich aufregte war, dass meine Mutter wie einige Aristokraten darauf bestand, dass wir uns ausnahmslos alle in der Familie mit Sie anredeten. Manchmal kam ich mir vor wie in einem Stück, oder auf einem Bahnhof, wo man irgendwen nach einem Zug fragt.

Als ich von Sophie fortging, war ich nicht mehr der Gleiche. Mein Geist rotierte, mein Herz hatte Muskelkater, meine Seele war zeitweise verbaut, als gehörte sie Konstruktivisten, und meine Beine schwammen wie ein gewisser Teig meiner Großmutter, die man ausschließlich *belle-mère* nennen durfte, obwohl *grand-mère* angemessen gewesen wäre.

Mich packte ein konfuses Verlangen nach Loslösung von allem, während ich gleichzeitig alles beibehalten wollte, um die Sache mit Sophie nicht ins Rutschen zu bringen. Im Grunde wusste ich, nur Sophie konnte die Sache mit Sophie ins Rutschen bringen, aber ich bildete mir ein, auch ein paar Fäden in der Hand zu haben. Ein paar schon.

Loslösen wollte ich mich vor allem von dem zu Hause herrschenden Zirkus von *Rallyes* und späteren *Soiréen*, Festen für Söhne und Töchter bestimmter Familien, die diese reihum veranstalteten, um vor allem die Mädchen in einer bestimmten gesellschaftlichen Zwangsjacke zu lassen. Meine Schwester hatte schon mit Fünfzehn in den Paris abgeschauten Happenings gehangen und es gehasst, gleichzeitig aber akzeptiert, dass man nur so angemessen unterkommt. Meine Mutter engagierte sich mit so genannten Listen. Das Herausbringen der Töchter, das hoffentlich dann mit einem Debütantenball endete, konnte viel Geld verschlingen. Ich hatte dafür gesorgt, frühzeitig auf eine schwarze Liste zu kommen, und so war mein Fortgehen nach Paris die logische Konsequenz und eine wahnsinnige Befreiung. Paris war die Heilung.

Und nun Sophie, die einfach alles, was unser unvergleichliches, gesellschaftliches Kulturerbe hervorgebracht hat, über den Haufen warf. Ich liebte ihre respekt- und furchtlose Art, ihren herausfordernden, aufmüpfigen und zugleich irgendwie keuschen Gang, ihre blendenden Zähne, - die Lippen ein Wall, das Herz ein Löwe. Sie eine Löwin.

Du hast doch nichts dagegen, wenn Sylvie ein wenig zu uns kommt, würde sie später irgendwann einmal sagen und mir damit die Sprache verschlagen.

Eh, Sophie, ich bin ... mehr für Solo, würde ich einwenden.

Sie kann auch ein bisschen was brauchen, sie hat mir die ganze Wäsche gewaschen, aber wirklich nur ein bisschen, denn ich teile nicht gern.

Wir hatten im Bett gelegen und wieder war, ich hätte es nie mehr erwartet, der dunkle Kopf aufgetaucht, verschlafen, neugierig, lustvoll. Sylvie schlief heiß und nackt und brachte ein zusätzliches, offenes Feuer mit in Sophies Bett. Ich verlor beinahe den Verstand und wusste bald kaum noch zu unterscheiden zwischen hell und dunkel, zwischen glatt und kraus, zwischen Tal und Hügel. In solch einem Moment stellte ich mir vor, alles auf einen Schlag zu verlieren. Mich als Kind neu geboren fühlen zu müssen. In einem Acker zu wühlen, in der fetten Erde der Welt an ihrer Brust zu hängen, um nie aufzuhören mit dem Saugen. Irgendwann geriet ich in einen solch unbeschreiblichen Taumel des Absurden, dass ich ernsthaft glaubte, von zwei Frauen gleichzeitig zur Welt gebracht zu werden.

Urplötzlich verkündete Sophie:
Das war das erste und einzige Mal. Merkt es euch! Beide. Und bei dir, Sylvie, habe ich nun alle Verpflichtungen abgetragen. Ihr hattet euren Spaß. Jacques kann nach Hause gehen. Es liegt ganz an ihm, ob er wiederkommen darf.
Mit Lichtgeschwindigkeit war sie danach verschwunden. Wir blieben zurück, zwei Angestellte, die ohne Chef nichts machen können. Es war, als liefe eine Platte ohne Musik. Todsicher würde sie mindestens zwei Stunden fortbleiben, und so sehr wir es auch vielleicht gewollt hätten, unsere Hitze ganz abzubauen, wir trauten uns nicht mehr. Sophie wusste einfach, dass sie gefahrlos gehen konnte.
Sie ist ein Vulkan, sagte Sylvie erschöpft und zog etwas über.
Aber mindestens, sagte ich, zog mich an und ging, ohne die Asche abzuwaschen.

Was tat Sophie eigentlich? Sie studiere nicht, hatte sie gesagt. Obwohl, nur durch die Straßen zu gehen, sei schon ein Studium. Was mache sie aber in diesem Viertel? Sie existiere! Sie habe so viel Körper und Seele, dass sie dem Geist nahe sein müsse. Und das *Linke Ufer* sei nun mal der Geist, wenn auch nicht nur. Vielleicht setzte sie sich mit ihrer wachen Intelligenz ganz bewusst von ihren Leuten ab, die, so sah ich es, außer essen und schlafen keinerlei Vergnügen kannten. Schließlich bekam ich heraus, dass sie im Immatrikulationsbüro der *Sorbonne* jobbte. Rue Champollion. Unter dem Knistern der Neonröhren würde sie irgendetwas Unbefriedigendes tun und man konnte sich leicht ausrechnen, wann sie die Sache wieder hinwerfen würde. Um ein Haar hätte sie mich gesehen, als ich ihr einmal folgte. Ihr wäre es egal gewesen, was ich von diesem Job hielt, sie mochte nur nicht, dass man sie ausspionierte.

Sophie aß, wie es ihr in den Kram passte. Dass es für manche Franzosen zu den Höhepunkten der Zivilisation gehörte, wie man aß, darüber hätte sie schallend gelacht. Sie nahm sich, was sie brauchte und wann sie es brauchte. Sie hätte zwischen Gourmet und Gourmand nicht unterschieden, zwischen Feinschmecker und Vielfraß, weil sie sich sagte, wenn es mir auf viel ankommt, bin ich ebenfalls ein Feinschmecker, wenn es mir fein schmeckt.

Mein Vater und meine Mutter sprachen indessen stets nur von *un fin palais*, einem empfindlichen Gaumen, was noch raffinierter sein sollte. Und immer wieder hörte ich, wenn mein Vater sich für einen bestimmten Wein ausgiebig begeisterte: *C'est le bon Dieu en culotte de velours.* Das ist der liebe Gott in Samthosen! Das musste man sich vorstellen!

Der Ehrgeiz meiner Mutter war es, niemals die gleiche Mahlzeit zuzubereiten, was mit der Zeit dazu führte, dass niemand mehr die minimalen Unterschiede begriff. Sie kaufte Brot nur bei einem bestimmten Bäcker. Es musste stets aus der letzten *fournée*, dem letzten Backvorgang, sein. Aus dem allerletzten.

Sonntags hatte es früher den unabänderlichen Mandelkuchen gegeben, den sie extra bestellte und fast immer von uns Kindern abholen ließ. Auf einer Kartonplatte mit hellblauem Schnürchen.

Es dauerte zwei Wochen, bis ich Sophie wieder sah. Das Leben ist ein einziger absurder Zufall, sagte ich mir. Man versucht verzweifelt, immer wieder da anzudocken, wo es einem gefiel, um sich glauben zu machen, man habe festen Boden unter den Füßen. Aber im Grunde fühlt man sich in eine Akrobatennummer hineingeworfen, ohne die rechte Aussicht auf Hände und Füße, geschweige denn auf das Herz.

Sie kam mir in einem Supermarkt des 14. Bezirks entgegen, in dem es neben Lebensmitteln auch Kinderwagen und Kleinmöbel gab. Sie schien lustlos, schien nicht das Richtige gefunden zu haben. Sie hatte einen kobaltblauen, winzigen Rock an und einen zartgelben, flauschigen Pulli. Das fast schwarzbraune Haar war mit hellen Strähnen durchzogen, die Sonnenbrille saß, zwei Spiegeleier groß, maskenhaft auf ihrer Nase.

Kannst du mir helfen, fragte sie, drückte mir einen Kinderwagen mit verdeckter Puppe, ein Ausstellungsstück, in die Hand und dirigierte mich in den Aufzug, wohin sie selbst ihren Einkaufswagen entschlossen nachschob.

Drinnen räumte sie blitzschnell die geklauten Sachen unter die Decke, die wie ein kleiner Schlafsack allerhand aufnehmen konnte, platzierte die Puppe, eingemummt, ein Neugeborenes, obenauf, stolzierte ungehindert mit mir hinaus, die Avenuen Leclerc und Denfert-Rochereau bis zum Boul' Mich hinunter. Ein ziemlicher Weg.

Die ganze Aktion erwähnte sie mit keinem Wort mehr und fragte mich, was ich so machte, außer lernen. Ich solle morgen Abend vorbeikommen, sie würde uns was Tolles kochen. Einstweilen solle ich das Glas Paprika nehmen, das sie mir hinhielt, damit ich schön scharf würde, ha. Das Leben sei irgendwie aussichtslos schön. Das fand ich auch und sah ihr nach wie einem Puzzle, das niemand zusammensetzen konnte.

An der Rue Soufflot trennten wir uns. Ich war atemlos. Der Brunnen inmitten der Place Edmond Rostand sprühte flach im leichten Wind. Die Sonne stand tief. Das Panthéon döste. Sophie gab mir einen schnellen Klaps auf die Wange, als habe sie mir damit eine ewige Wahrheit angeheftet.

Essen heißt aber nicht bumsen, *fourrer*, sagte sie schelmisch. Wir werden schon sehen.

Wir vielleicht nicht, sagte ich ahnungsvoll, eher wohl du!

Schon möglich, mach nicht so'n tragisches Gesicht!

Einen Moment lang war es so, als habe sich der Tag mit allen an diesem Platz vorhandenen Menschen festgesetzt und es gäbe keine Möglichkeit fortzukommen. Das war einer der seltenen Fälle, wo man gefangen ist, aber gar nicht fortkommen will.

Ich schreibe Gedichte für dich.

Wenn's dir hilft! Ich will's nicht lesen, man erkennt sich meistens in so was nicht wieder.

Schade.

Gut, du kannst mir das Zeug ja vorlesen, aber nicht morgen. Morgen essen wir, sonst nichts.

Was ist mit Sylvie? Wird sie da sein?

Ich weiß nicht, es ist auch ihr Zimmer. Gib zu, dass du scharf auf sie bist.

Wenn ich kein anderes Mädchen hätte ...

Lass die Finger von ihr, nur wenn ich ihr gut sein will, darfst du mal an ihr riechen.

Ich dachte, es war das letzte Mal, ich bin lieber allein mit dir.

Das letzte Mal ist immer die Vorstufe zum letzten Mal!

Aha, das wirft alles in mir über den Haufen. Ich meine vor allem die Logik.

Kümmere dich nicht um Logik.

Habe ich schon bei meiner Mutter versucht.

Also bis morgen Abend, gegen Acht.

Bis morgen.

Darf ich dich küssen?

Doch nicht auf offener Straße!

Dann riss sie mich an sich, nachdem sie mit schiefem Kopf Entrüstung markiert hatte. Sie legte mich fast um, ihre fleischigrauen Lippen kamen an jedes Ufer. Ich schluckte, rang nach

Atem. Danach beugte sie sich über das vermeintliche Kind und zeigte unerhört viel Mütterlichkeit und Schenkel. Ich sah nur noch tanzendes Kobaltblau und Zitronengelb.

ELF

Irgendwann einmal würde ich ihre rechte Hand auf einem weißen Blatt Papier nachzeichnen und es für ein Wunder halten. Sie würde Radiergummispuren vom Papier schieben und ihr silberner Ring dabei unvergessliche Geräusche verursachen. Es wäre, als hätte sie ihre Hand auf diesem Blatt vergessen. Später würden ihre hellen Fingerkuppen die Schraffur an zwei Stellen verwischen.

Es war, als ob Sophie zu groß für mich wäre. Ich hatte überwältigende Vorstellungen davon, wie eine Frau sein musste. Und manchmal war es so, als könne meine Seele dem Druck nicht standhalten, als litte ich an einer Art Zwerchfellbruch der Seele, der mir den Atem nahm und mich nachts aufschrecken ließ.

Was würde in vier Jahren sein, wenn ich mit dem Studium fertig wäre. Vier Jahre waren eine Generation. Vielleicht wären die Räume, in denen sie gelebt hatte, dann dunkel, hätten gar kein Licht mehr, ihr Bild auszutragen.

Geld, hatte ich zu Hause gelernt, ist nichts Verachtenswertes. Es ist einfach nötig und gut, wenn es da ist. Habe immer genug übrig, denn *on ne touche pas au capital* ... man fasst das Kapital nicht an. Prüfe jede Rechnung und lass dich nicht übers Ohr hauen. Lerne, - wir bieten dir die allerbesten Schulen, den Rest musst du selbst machen. Wollte ich diesen Rest? Im zweiten Jahr meiner Studien verlor ich zunehmend das Interesse an jeder Paukerei. Andererseits würde ich ohne entsprechende Resultate auf

Dauer die Fürsorge meiner Eltern verlieren und hier nicht bleiben können.

Unausweichlich kam der Tag, als ich durch die erste Zwischenprüfung fiel. Prompt erhielt ich eine dringende Einladung nach Hause, an der ich einfach nicht vorbeikam.

Meine Mutter war in dieser Angelegenheit überraschenderweise sanfter gestimmt als mein Vater. Wie sich herausstellte, richtete sie zwei große Räume des Hauses neu ein, und das nahm ihre ganze Energie in Anspruch. Über guten Geschmack verhandelte sie mit niemandem, und so musste selbst ein namhaftes Einrichtungshaus erfahren, dass sie eigentlich eine unfehlbare Innenarchitektin war. Sie lief ständig mit Zeitschriften wie *La Maison française* und *Connaissance des Arts* durchs Haus und hatte kein Ohr für mich. Reiß dich am Riemen, sagte sie urplötzlich in einem völlig untypischen Jargon, sonst kannst du in solchen Häusern nicht wohnen! Die Frage war, wollte ich das überhaupt? Sophie hätte geglaubt, sie sei im Film gelandet oder bestenfalls in einem Hotel für Prominente. Das hätte ihr vermutlich allen Charme genommen, und so beschloss ich, in solchen Häusern nicht zu wohnen.

Ich lerne nicht so leicht wie du, sagte ich zu meinem Vater und spielte gezielt auf seine Intelligenz an. Ich brauche viel mehr Zeit und Energie. Dir ist ja alles zugeflogen.

Er schmunzelte. Fürs Erste waren sie besänftigt und ich reiste wieder ab.

Ich würde Sophie aufsuchen und ihr erklären, dass ich meinen ganzen Lebenshintergrund notfalls aufgeben wolle, um mit ihr irgendwo bescheiden zu leben. Geradezu lächerlich erschienen mir die jährlichen, aussichtslosen Ambitionen meiner Mutter, in den *Bottin Mondain* aufgenommen zu werden, dieses bessere Telefonbuch für alle, die angeblich wirklich zählen.

Wenn wieder einmal etwas Derartiges nicht geklappt hatte, fuhr sie nach Paris, um sich sündhaft teuer einzukleiden. Eine rein kompensatorische Maßnahme. Sie kam bei mir vorbei, blieb nur wenige Minuten, rümpfte die Nase und führte mich anschließend in ein *vorbildliches* Restaurant. Irgendwann würde ich sie mit Sophie überraschen, denn groß vorbereiten ließ sich ein solches Treffen nicht. Entweder Sophie wäre bei mir, wenn meine Mutter zu Besuch käme, oder Sophie würde zufällig ins Restaurant nachkommen. So stellte ich es mir vor. Ich stellte mir auch vor wie schön es wäre, mit Sophie das jetzige Leben hinter mir zu lassen. Wenn ich mit ihr ging war es als werfe sie unablässig ganze Haufen von Papierschnitzeln in die Luft, die ausgelassen in der Sonne flimmerten und sich nie wieder zusammensetzen lassen würden.

Wir durchquerten den Jardin du Luxembourg. Ein ländlich verlässliches Stillleben mancherorts, das indessen jeden Moment explodieren konnte, ohne dass man Angst haben musste. Jede Sekunde erwartete man mit Sophie neue Paradiese.

Am Sonntagmorgen um sieben klopfte es an meine Tür. Ich hätte da jeden erwartet, außer Sophie. Die Pendeltür des Hôtel Janus war immer offen, doch wer hätte dies pralle Leben vermutet, um diese Zeit?

Zieh dich an, wir gehen. Ich will mich heute total erschöpfen. Ein Tag wie Wein und Öl.

Sie stand ganz nah vor mir. Ich stützte mich auf den rechten Ellenbogen, gähnte und hatte vor mir das Portal ihrer engen weißen Shorts. Ich ahnte ihre herrliche Landschaft, ihr Delta, und ich sog ihren Duft ein.

Beiß dich da nicht fest, sagte sie sanft und strich mir durchs Haar. Wir fahren ins Tal von *Chevreuse*.

Wir nahmen die Métro bis St. Rémy, verbrachten einen wahnsinnigen Tag mit Augenaufreißen, Schlafen und Essen, das Sophie aus einem mitgebrachten Korb zauberte. Träumen und Lachen. Ein Tag, der schließlich einschlägig im Schlossgarten von *Dampierre* endete. Zwischen immergrünen Hecken verlor ich mich im Labyrinth ihrer Person. Manche Tage, mit menschenlosen Wegen, im hellblauen Licht, sind so rein und aufwühlend einfach, dass man keine Antwort vom Himmel mehr will.

In dem Schloss da müsste man leben, überraschte sie mich gähnend, und ich verfluchte gequält lächelnd meine verpatzte Zwischenprüfung.

ZWÖLF

Es fiel mir auf, dass meine Eltern eigentlich keine Bürger sein wollten. Obwohl sie genau die gleichen Erziehungsmethoden anwendeten wie ihre Eltern, die mit Hilfe einer gewissen Unterdrückung Bürger herangezüchtet hatten, waren sie selbst unzufrieden, Bürger zu sein, die nun ihrerseits wieder welche erzeugten. Irgendwie schien es, als wollten sie trotz ihrer Eingefahrenheit allem entkommen, wenn erst einmal die Kinder groß und auf die rechten Schienen gesetzt worden waren. Als hätten sie unausgesprochene Ziele, die sie heimlich vom Bürgersein wegführten. Vielleicht war das nur unbewusst. Vielleicht verlangten Zwänge dieser selbstauferlegten Gesellschaft, dass man Pflichten praktizierte, ohne an sie zu glauben.

Es gab keine Abenteuer mehr. Das größte Abenteuer war es, adäquate Jobs zu finden. Selbst Kerouac war tot, endete einsam in seinem Sessel vorm Fernseher mit konservativen Ansichten und einer Dose Bier in der Hand. Irgendwann war er noch einmal nach Paris gereist, ein banaler Tourist.

Für mich war es das größte Abenteuer, mit Sophie im Luxembourg-Park zu sitzen, sie an Texten herumdoktern zu sehen, die ich ihr gegeben hatte und dabei alle Vorsicht fahren zu lassen. Ich konnte mich nicht sattsehen, und je schwieriger ihr eine Passage erschien, desto lukullischer wurden die Einsichten. Das waren Momente, in denen ich mich auf einer Wolke wähnte, gelassen, überlegen schwimmend in Bläue. Und selbst ihre Ahnungslosigkeit war edler als das Wissen einer Nachbarin aus dem vierten Semester.

So was lernst du ernsthaft? Ich wollte auch mal studieren.

Es gehört dazu, weil ... Warum machst du es nicht?

Hast du schon mal drüber nachgedacht, wie sinnvoll das alles ist? Es gibt so schrecklich viele Umwege, sagte sie.

Hab ich, aber du kriegst es nur in der Großpackung.

Großpackung! Bei einer Großpackung im Supermarkt weißt du wenigstens was du hast, bei dieser hier weißt du gar nicht, ob du sie je öffnen kannst und ob du dann satt wirst.

Aber um die Großpackung kaufen zu können ...

Wir haben ein ziemlich schwachsinniges Schulsystem, es erzieht nicht, es bootet aus, bemerkte sie.

Schon wahr. Und warum wolltest du überhaupt studieren?

Ich wollte zu Hause raus.

Bist du ja.

Ja, und dann hab ich den Faden verloren.

Sollen wir zusammen stricken?

Das wird kein gutes Muster. Ich bin ein einsamer Stricker. Ich werd' mich nach dem Wind drehen.

Aber du lebst doch gegen den Wind.

Ich sehe da keinen Widerspruch.

Es hatte keinen Zweck, Sophie zu verärgern. Man konnte sie nicht ändern, und hätte sie mir verändert noch gefallen? Tief in ihr steckte eine andere, die sie nicht zuließ. Tief in mir steckte auch ein anderer, den ich unbedingt zulassen wollte.

Es gibt gar keine Paradiese, sagte sie plötzlich. Am besten, du denkst nicht darüber nach. Fühle nur, und die Welt fühlt dich.

Mein Zimmer ist ganz nah, flüsterte ich und legte meinen Kopf auf ihre hochgestellten Knie. Am Sliprand sah ich ein einsames Lackhaar.

Ich gehe jetzt, sagte sie. Dein Zimmer kommt später.

Ich roch ihre von der Sonne geöffnete Haut, sah blinzelnd die matten bronzefarbenen Flächen. Unter ihren Achseln war ein winziges, schwarzes Bürstchen stehen geblieben.

Ich denke an dein Paradies, sagte ich leise, und kann nichts mehr denken. Ich kann nicht einmal hören, was du sagst.

Ich sagte, ich gehe jetzt.

Wenn du gehst, ist alles unklar.

Dein Wasser ist eigentlich sehr klar. Es läuft nur in eine andere Richtung. Du denkst es trüb. Dann ist es auch trübe.

Ich wollte nichts hören, wollte sie nur riechen und schmecken und ihre Lebensphilosophien an der Membran meines Geistes entlangschlittern fühlen. Ich wollte sie nicht ergründen, wollte nur, dass sie als treibender Kosmos den Fünften und Sechsten Bezirk nicht verließ. Vielleicht gab es ja zwischen Mann und Frau Türen, die jeweils von der anderen Seite leichter zu öffnen waren. Meinem Vater diese Gefühle zu erklären, wäre Zeitverschwendung gewesen. Immer wieder, wenn ich zwischendurch zu Hause war, wurden neue Ziele angepeilt, die ich selbst noch gar nicht erkannt hatte. Ich sollte mein Studium mit einem Doktorat krönen. Mir lief das Leben mit Sophie davon, und er machte Pläne für mein Leben in zehn Jahren.

Noch immer lag mein Kopf auf ihren Knien. Ihre Hand war in meinem Haar. Ich hörte sie kräftig in einen Apfel beißen. Ich wusste, niemals käme ich zu Ende mit dem Nachdenken über die Dinge des Lebens. Und sei es nur über einen Sonnenflecken, der, gemildert durch dünnen Stoff, auf die gegenüberliegende Innenseite ihres schattigen Schenkels fiel.

Wir waren zwei Personen, die unterschiedlicher nicht sein konnten. Und in diesem Moment dort im Park, Stimmen im Hintergrund, Wärme und Duft unter mir, hätte ich behauptet, wir wären das einzige homogene Etwas, das es auf der Welt gab.

Plötzlich ließ sie ihre Beine fallen. Ich kam unsanft zu mir und starrte sie an.

Ich muss noch was besorgen, sagte sie, du weißt schon, Großpackung und so; sie machte diese eindeutige Klaubewegung.

Unnachahmlich schnell raffte sie ihre Sachen zusammen und ging als brennender Farbfleck zwischen dem hohen Parkgitter am Boulevard Saint-Michel verloren.

DREIZEHN

Ich war froh, einsam zu sein. Meine Einsamkeit war so individuell, dass man sie kaum jemandem erklären konnte. Sie gehörte ausschließlich mir. Sie wurde durch Erklärungsversuche auch nicht geheimnislos, eher wurde sie unzugänglicher. Natürlich litt ich zeitweilig darunter, doch im Großen und Ganzen bewahrte sie mich vor allzu gravierenden Abstürzen, weil sie mich mit gesunder Skepsis versorgte. Einsamkeit, ein Fest fürs Leben? Nur mit Sophie fühlte ich mich völlig aus allen Reserven geholt, vielleicht weil auch sie, schwer zu glauben, in einem Netz großer Einsamkeit hing. Dass sie sich darin so anmutig, so aufregend bewegte, war wohl ein Glücksfall. Mit der Einsamkeit geht immer die Sucht nach dem ganz anderen einher. Und sie ist unberechenbar.

Nach einem stillen Spaziergang durch die Gegend der Rue Mouffetard, ein Sonntagmorgen, noch sehr früh, weit und breit kein Mensch, wollte ich Sophie sehen. Außer mir konnte heute niemand euphorisch werden, nach einem Spaziergang, so schön, dass man auf kein Paradies mehr wartete. Ich ging ich in die Rue des Anglais. Der Tag würde schwül und dunkel werden, ich fühlte es schon, und man konnte diese menschenleeren Stunden zwischen sechs und neun nicht wieder erleben, sie waren für immer verloren. Davon wollte ich ihr erzählen.

Nach längerem Klopfen öffnete Sylvie, total verschlafen, und sah mich verständnislos an. Dann machte sie die Tür hinter mir zu und drehte das bronzefarbene Schloss zweimal herum.

Sie ist nicht mehr da, sagte Sylvie, ich sitze jetzt allein auf der ganzen Miete.

Wie, sie ist nicht mehr da?

Sie ist ausgezogen. Und wenn Sophie auszieht, dann ist sie auch weg. Weg, ja.

Aber ... und wo kann ich sie finden?

Keine Ahnung, sie ist einfach gegangen und das war's. So ist sie. Willst du nicht vielleicht ...

Ich war derart überrumpelt, dass ich Sylvie bereitwillig ins Bett folgte. Sie zog mich aus und zog mich an sich. Ich war derart müde von meinem Spaziergang und der anschließenden Enttäuschung, dass ich mich fallen ließ. Trotz der Ekstase, die mich erwartete, würde ich mich nachher vielleicht hassen; das Danach wäre unter Umständen wie ein leeres Stadion und ich hatte keine Ahnung, was ich mit ihr später anstellen sollte. Mit einem Mal war mir klar, dass ich von Sophie gefangen gehalten wurde. In diesem Zimmer, in diesem Bett, von ihrem Körper, ihrem Duft, von ihrem sprunghaften Geist, hier gefangen und überall gefangen. Selbst auch von ihrer Abwesenheit und von ihrem Schweigen. Ja, so war es.

Du liebst sie, sagte Sylvie, aber du siehst, was sie macht. Sie will gar nicht geliebt werden. Sie hasst sogar, wenn sie liebt. Sie hat auch ihren Job aufgegeben. Keine Ahnung wohin sie ist.

Ich schwieg, ich dachte nach und kam zu keinem Entschluss. Sylvie war warmherzig, sie hatte etwas von Sophies Äußerem, aber ihr fehlte dies Vulkanische, die lauernde Katastrophe des Schönen. Ihr fehlte einfach der Rausch des Verbotenen, da gab es keinerlei kriminelle Energie, auf ihren Feldern wuchs wirklich nur ordentliches Zeug.

Es kommt immer etwas dazwischen, sagte Sylvie.

Ich lag und dachte nach. Ich schloss die Augen, sog den warmen Duft ihres noch schwitzenden Körpers ein, und hielt ihre Zuwendung für eine Nachzahlung an Glück. Ich streichelte ihre kleine, helle Brust und musste weinen.

Warum ziehst du nicht zu mir?

Ich kann nicht.

Sophie? Ich nickte.

Und deine Eltern!

Ja, die auch. Aber weniger.

Ich ging bald die stille Rue des Carmes hinauf. Der Dom des Panthéon schien mir verlässlich zu sein, aber gleichzeitig auch ein unüberwindlicher Berg. Manchmal war es gar nicht gut, allein zu sein, aber meistens fand ich es das Beste was es gab. Wenn ich mit einer Frau schlief, vergaß ich alles, jedes Medikament, jede Dosierung, jede Nebenwirkung, aber schon bald wusste ich wieder, ein leeres Zimmer, das war es, was ich wollte. Nach Sylvie, nach dem unerwarteten Verschwinden Sophies, brauchte ich es doppelt. Ich ging leise. Sylvie war eingeschlafen.

Ich setzte mich und schrieb weiter an meinem Buch. An dem mit den vierzig Seiten. Irgendwann würde ich damit an eine Grenze kommen. Ich würde damit fertig sein und eine neue Grenze suchen, die Taste, die zur nächsten Seite führt. Die Leere dazwischen, als sei man von einer Frau verlassen worden. Ja, genau so. Ich hatte ein paar Wochen mit einem Lichtvulkan erlebt, ein tolles irres Glück; begrenzt, na ja, man kann so etwas nicht immer haben. Vielleicht hab' ich meinen Teil einfach gehabt, so wie es das Karma vorgesehen hat, zu viel hätte mich möglicherweise verbrannt, zu wenig verstümmelt, wer weiß das schon, vielleicht war es gerade richtig, man kann nur einen Teil erwischen, immer nur einen Zipfel von allem, es gibt kein lebenslanges Glück. Es gibt nur das Ausharren.

Ich traf Sylvie am Donnerstag bei *Gibert*. Schreibwaren überall. Wir waren beide verwirrt. Ich lud sie zum Quick-Service ein, erste Etage, Ecke Rue Soufflot/Boul' Mich. Da saßen wir und berieten über die Verlorenheit des Menschen im Allgemeinen. Sie vermisste Sophie wegen der Miete, der Quatscherei und weil sie plötzlich zu viel Platz hatte. Ich aus ganz anderen Gründen. Wir überbrückten das, indem wir glaubten, uns anhimmeln zu müssen. Es war ein bisschen wie im Theater.

Einmal strich sie mir sanft über die Hand. Und das war einmal zu viel. Keiner von uns hatte Sophie kommen sehen. Nur mit einem Becher Cola bewaffnet. Den trank sie nicht. Sie kippte ihn über uns aus. Die große Version. Sie war unglaublich schnell erschienen und genauso schnell wieder fort.

Purer Zufall, sagte sie, ich kam gerade hier vorbei. Wie das Leben so spielt. Alles Zufall.

Sie rauschte davon, als habe sie nichts an. Als könnten Sonne und Wind überall an ihr haften. Ich nahm Sylvie mit zu mir, wo wir uns schweigend wuschen, die Haare total verklebt.

VIERZEHN

An jenem Abend, als ich pünktlich um acht bei Sophie zum Essen erschienen war, hatte sie nichts gekocht. Kochen, ich? Ach, das war nur so eine Laune. Du kannst mich stattdessen einladen, das würde mir gefallen. Wir verbrachten zwei Stunden in einem verglasten Restaurant an der Place Maubert und danach war ich pleite. Ein schön-schmerzlicher Abend, denn Sophie flirtete mit verschiedenen Männern, die mit ihren Partnerinnen zu Abend aßen. Wirklich genießen konnte ich den Blick auf das Treiben der Place Maubert. Ich sagte mir, sie würde im Ernstfall nie zu weit gehen, für ehrlich hielt ich sie, vielleicht brauchte ihre Natur dieses Sondieren des Geländes, na wenn schon, ich war ja schließlich keine Frau und sollte mich von solchen Empfindlichkeiten verabschieden.

Nichts macht mir was aus, sagte ich.

Es fuhr mir so heraus und ich konnte es nicht zurückholen:

Ich bin trotz allem glücklich über unsere Beziehung.

Du redest, als hättest du ein Haus gebaut und könntest nie mehr umziehen. Was heißt übrigens trotz allem?, fragte sie.

Ich meine ja nur ...

Wir haben keine Beziehung.

Keine Beziehung?

Mein lieber Jacques, ich bin ein Vogel, ständig im freien Flug, eine Nomadin auf Wanderschaft, an mir klebt nichts von dir, aber ich scheine dir den Verstand zu verkleben.

Ja, vielleicht, ich dachte es hätte mich endgültig gepackt.

Nichts ist endgültig, von dem Essen hier ist zum Beispiel gar nichts mehr zu sehen. So ist das mit der Liebe auch. Eine Mahlzeit, nichts weiter.

Ich verfiel in Schweigen. Das Laub draußen wurde blau, und rot mutierte ins orange, Straßenpflaster und Fassaden hatten ein blasses, bläuliches Licht; blaue Schatten verstärkten sich und erhielten einen Stich Kardinalsrot. Ich konnte ihrem Körper nicht entkommen. Ich konnte mich von ihrer Urwüchsigkeit nicht mehr befreien. Ihre Unverschämtheiten faszinierten mich, ausgerechnet mich, der hochsensibel winzigste atmosphärische Veränderungen wahrnahm, der Sophie in einem Raum erspürt hätte, in dem sie reglos und ich mit verbundenen Augen gestanden hätten.

Irgendwann wurde ich Schriftsteller. Das war für mich eine Art Priestertum gewesen, vor dem ich mich gefürchtet hatte. Denn es gab in dieser Hinsicht ja auch Zölibate. Aber ich konnte nicht mehr ausweichen. Und nach Sophies Abgang hatte ich mich entschlossen, beides zu vereinen. Ihre Worte, alles was sie je sagte, ließen mich nun wie in einem Park mit fallenden Blättern und Schnürregen zurück. Die Temperaturen wenig über null und Winde aus zwei Richtungen. Glauben heißt, dem Wunsch eitle Form geben, der Hoffnung unrealistische Verlässlichkeit beimischen, Mutlosigkeit drapieren, Bequemlichkeit veredeln. Lieben heißt, andere Feuer auslöschen, den Individualisten in sich verbiegen und dennoch nicht daran leiden, resignieren und hoffen, von Abenteuern zurückkehren.

Nur wer nicht liebt, vermag Zauber zu erfahren, sagte ich mir. Diesen Zauber sesshaft zu machen, darauf kam es an. Liebe, eine äußerst heilige Sache, solange man noch nicht für immer in sie verwickelt ist.

Argwohn verbraucht das Herz, sagte ich mir, Argwohn stärkt mich, wenn er mich auch betrügen kann.

Ich ließ sie ein paar Tage später einfach stehen. Ging die Rue de la Montagne Ste. Geneviève hinauf. Ich musste das tun, ob es falsch war, wüsste ich später. Ein Torbogen, ahnungslos. Licht platzte im Hof. Mutlosigkeit über der Stadt. Ich musste es jetzt durchziehen. Am Panthéon angekommen, erkannte ich im Augenwinkel Sophies wippenden Rock. Sie folgte mir. Ausgeschlossen. Aber eine Doppelgängerin gab es nicht. Meine dumpfen Gefühle wichen langsam. Doch ich würde ihr heute nicht mehr erliegen. Ich würde mein Zimmer erreichen und die Tür nicht öffnen. Als ich in die Rue Saint-Jacques einbog, war sie tatsächlich verschwunden.

Parc Montsouris. Viel später. Paris zu Füßen, impressionistisch zerlegt, im Grün sanft verschwommen, wollte ich an Paradiese neuer Art glauben.

Ichmöchte nicht, dass mir irgendetwas von Ihnen gehört, sagte Sophie.

Oh Gott, sie siezte mich plötzlich, wie meine Mutter.

Du hast mich gesiezt. Wohl ein Irrtum.

Ich bleibe dadurch ich selber, sagte sie. Das ist wie im Film.

Irgendwo breitete sich Kindergeschrei aus. Es rankte sich über die Grünflächen, stieß an Bänke und das Toilettenhäuschen und blieb auch an unserer Bank hängen.

Wie würde Ihnen das gefallen, fragte sie mich.

Was?

Kindergeschrei.

Ich weiß nicht, fremde Kinder!

Du hast gerade eine Chance verpasst. Aber deine Gedichte sind ja wie aus meinem Leib. Ja, tatsächlich.

Plötzlich stand sie auf und machte sich davon. Es wurde eine mittlere Runde, und ich konnte sie verfolgen. In wechselnden Perspektiven hob und senkte sie sich wie das Gelände. Ich ließ sie aus keiner Entfernung los. Mal schien sie näher, mal versank sie völlig. Sie steckte sogar in den Worten, die ich noch nie zu ihr gesagt hatte. Unerwartet hockte sie sich in ein Gebüsch um zu pinkeln. Ich war entsetzt und belustigt. Warum machte sie das? Das Toilettenhäuschen war doch ganz nah. Ich fand sie aufregend, überwältigend. Mir brach der Schweiß aus. Sie griff nach den Gedichten.

Ich verstehe nicht viel davon, sagte sie, aber dein Stil wechselt ständig!

Er liegt noch nicht fest. Wie die Gefühle.

Aha! Vielleicht solltest du mehr Klassiker lesen, das Moderne kannst du ja selbst erfinden.

Vielleicht gebe ich bald das Schreiben auf, sagte ich als Versuchsballon.

Kaum angefangen und schon aufgeben. Gefällt mir nicht.

Du bist heute so sehr klassisch, sagte ich, und fuhr unter ihren Rock.

Klassik wird nie grau, sagte sie.

Willst du mal Kinder?

Im freien Flug?

Du hast gerade eine Chance verpasst, was meintest du?

Die Chancen sind grau wie die Klassik.

Ich fand sie wieder mal erstaunlich und hatte keine Erklärung dafür. Ich sehnte mich danach, das Licht auf ihrer Haut zu verfolgen. Ich zog die Hand zwischen ihren Knien hervor. Nebenan auf einer Bank wurden Windeln gewechselt. Mir war es egal. Ich legte meinen Kopf auf ihren Oberschenkel.

Sophie, sagte ich, ich will leben. Je veux vivre.

Sie antwortete nicht.

Die Rasenflächen hatten sich geleert. Das Licht wurde matt, ein verbrauchtes Centimestück.

Wir leben immer fort, sagte sie später, da habe ich gar keine Angst.

Glaubst du, dass zum Sterben besonderes Talent gehört?

Ach Quatsch, vom Tod muss man überrascht werden. Vorher will ich aber noch zum Film. Film ist der totale Wahnsinn.

Wir gingen die Avenue René Coty zurück. Ich wusste, dass sie hin und wieder für Mode posierte und fand es nicht schlecht. Ihr

Nacken nahm vom Abend kalte, bläuliche Schatten an und er brannte doch weiter.

Ich tanke im freien Flug, sagte sie unerwartet.

Dazu fiel mir nichts ein. Sophie war immer unerwartet. An der Place Edmond Rostand löste sie sich in körniger Dunkelheit auf, wie ein für immer zerfließendes Bild.

FÜNFZEHN

Wie einfältig zu glauben, Liebe bereichere uns. Eine ganze Woche hörte und sah ich nichts. Meine Leistungen schwankten, und das war noch das Vorteilhafteste was ich darüber sagen konnte. Diese Liebe hatte mich anfänglich bereichert und sei es nur, weil ich mich plötzlich anders gefühlt hatte. Jetzt zehrte sie an mir. Sie war ausgezogen. Ich wusste nicht, wo sie war. Sie existierte, war jedoch unauffindbar.

Sophie hatte sich abgesetzt. War Liebe Verengung und Verdrängung der eigenen Persönlichkeit? Durch Infektion mit schwächenden Stoffen? War Liebe ein Virus, das von einem in andere Organismen übertrat? Ganz zu Anfang hatte ich sie als Gnade empfunden und war noch immer bereit dazu. Aber jetzt? Wo war die Richtung?

Irgendwann einmal, ich war noch Kind, hörte ich eine heftige Auseinandersetzung zwischen meinen Eltern; mein Vater sagte im Verlauf der Anschuldigungen, als versuche er mit einem Wort alles zu erklären: Wir Franzosen sind eben Epikureer. Aber auf dem Gebiet nicht mit meinem Segen, hörte ich meine Mutter sagen und konnte mir unter diesem wütenden Abschluss nichts vorstellen. Diese Worte, mag es ein Geheimnis sein warum, blieben für immer in meinem Gedächtnis. Lange glaubte ich dann, es müsse sich um einen gallischen Stamm handeln, dem ein paar unveräußerliche Merkmale anhafteten.

Dass das höchste Glück die Lust ist, wollte ich gern unterschreiben, und ich wäre auch mit einem klugen, zurückgezogenen Lebensgenuss zufrieden gewesen, wenn das Objekt meiner Begierde dabei nichts von seinen spektakulären Reizen und Ungereimtheiten verloren hätte. Aber dazu musste es anwesend sein. Auf Beunruhigungen hätte ich gleichzeitig sehr gern verzichtet. Doch ohne Sophie gab es weder das eine noch das andere.

Mein Freund Claude wohnte in der Rue de Vaugirard. Ich war in einer Verfassung, in der ich mich ihm offenbaren musste. Ich lief über vor Kummer. Auf dem Weg dahin fürchtete ich, ich könnte mich vielleicht dauerhaft in der Entfernung zu anderen Menschen verschätzen, könnte die Fähigkeit verlieren, mich in der Welt zu orientieren. Im Grunde wohnte er nur um die Ecke und würde schon bald ins Hôtel Janus ziehen.

Am Zeitungsstand zuckte ein neurotischer Mann im dunklen Kanzleigrau, die Finger gleichzeitig auf mehreren Schlagzeilen. Heftiges Nicken, heftiges Kopfschütteln, als könne er eine gewisse Meldung nicht finden oder bestätigen. Seine Augendeckel flackerten gerötet, von innen schien ihn ein ständiger Nachschub an Unruhe zu leiten. Es gab in dieser Stadt Tausende mit gefährlich dünner Haut. Die Glücklichen, sagte ich mir, überholen die wahren Begebenheiten. Sie sind immer schon angekommen. Ich hinkte hinterher.

Claude richtete mich auf und schlug vor, mal wieder durch die Rue Saint-Denis zu streifen.

Liebe ist für mich nur möglich ohne Besetzung des anderen, sagte er. Und ich glaube da liegt dein Problem. In unserem Alter bin ich mehr für einen Strohfeuer-Tourismus. Die Nutten in der Rue Saint-Denis werden uns ein bisschen erheitern.

Ich bezweifelte das, denn wenn ich mir einige von denen in Erinnerung rief, so musste man eher in Trauer verfallen. Wir landeten schließlich in einem der Bistros dort und redeten. Und das war auch nicht schlecht. Immerhin war Claude ja jemand, der mir nichts nehmen wollte, der in manchem ähnlich dachte und in anderen wichtigen Bereichen gute ergänzende Vorschläge machen konnte. Er wollte die entscheidenden Abschnitte der Rue Saint-Denis bis zum Schluss gehen, bis zum Boulevard de Bonne Nouvelle. Alles, was wir gesehen hatten, ließ uns kalt, bis wir in die Rue Blondel kamen. Und da sah ich sie. Sophie stand mit angezogenem Bein an einer Hauswand und rauchte.

Ich begann zu zittern. Ich konnte nicht weitergehen. Ich hielt Claude zurück und bat ihn, mich nach Hause zu begleiten. Mir sei schlecht geworden, ich hätte Schüttelfrost und Durchfall kündige sich an. Entsetzt griff er mir unter die Arme und führte mich in Richtung Cité.

Schließlich setzten wir uns in ein weiteres Bistro, wo ich die Toilette aufsuchen konnte. Wie konnte ich ihn loswerden? Ich brach unverhofft einen Streit vom Zaun, der es mir ermöglichte, ihn da sitzen zu lassen und auf dem Umweg über den Boulevard de Sébastopol wieder zur engen Rue Blondel zu gelangen. Ich hatte mich nicht geirrt. Mit Schuldgefühlen gegenüber Claude im Rücken wurde ich immer langsamer, kämpfte gegen den Wall der Empfindungen an, gegen Erstaunen, Zorn, Ekel und Ungläubigkeit. Es konnte nicht sein. Ich musste mich geirrt haben. Die Farben blau und gelb tanzten in meinem Kopf, der plötzlich schrecklich schmerzte. Wich etwas ab von meinen Bedingungen und Vorstellungen der Liebe, so hielt ich es gleich für Verrat und fürchtete mich unbändig verloren.

Und doch, Sophie gehörte mir nicht. Die Gefühle, die ich jetzt empfand, waren nicht zu beschreiben. Das war mehr als Verrat. Das war das unabänderliche Versinken einer paradiesischen Insel, die gerade erst aus dem Meer aufgestiegen war. Ich fühlte mich allein und verlassen, gebrandmarkt durch meine fatale Leidenschaft für Sophie, die in dieser gottverdammten Gegend auf und ab ging. Ertrinken war angesagt.

Hatten meine Eltern im Geheimen je solche Wünsche gehabt wie ich, das Ungewöhnliche, das hinter Grenzen Liegende zu erkunden? Es war ein Manko, wenn nicht ein Drama, dass man den wesentlichen Teil des Lebens seiner Eltern nicht kannte, nie zu Gesicht bekam. Die Kindheit und Jugend, das frühe Erwachsenenleben, den Atlas der Seele aus dieser Zeit. Ich kannte ganze dreißig Jahre des Lebens meiner Eltern nicht.

Ich war Schriftsteller. Ein Schriftsteller sei jemand, der in die Zivilisation zurückkehren müsste, würde er sein Schreiben aufgeben, hatte ich gelesen. Oder so ähnlich. Das aber war ausgeschlossen. Ich bog in die Rue Blondel ein, entschlossen, Sophie anzusprechen. Doch war sie jetzt verschwunden. Sie konnte mich nicht gesehen haben. Also blieb nur eine Möglichkeit. Sie war in einem der Häuser und sie würde zurückkommen.

Alle Schmerzen dieses Lebens häuften sich in mir auf. Nichts von dem, was ich jetzt empfand, konnte übertroffen werden. Es kam mir klein und lächerlich vor, ich trieb mich verzweifelt an den vier Ecken dieser schmalen Straße herum, hoffte noch auf ein Wunder. Aber Wunder, wie wir alle wissen, geschehen nicht.

Plötzlich stand sie wieder da, ein irres Licht. Sie rauchte, sie lächelte, sie warb und schmeichelte. Ihre Haut, ihre Lippen, ihre Haltung und Kleidung färbten die Umgebung und ließen alle anderen Frauen in Schwarzweiß erscheinen. Ich strich näher, ich brachte es fertig, zwei Mal ihr Verschwinden und ihre Rückkehr zu ertragen und glaubte, dass die bloße Wiederholung eines Vorgangs noch nicht die ganze Wahrheit bedeuten müsse. Es war, als sei mir ein zusätzliches Organ in der Brust gewachsen, das sich krankhaft breitmachte.

Am liebsten wäre ich zu ihr gegangen und hätte sie leise gefragt: Kannst du dir vorstellen, ruhig mit mir in der Provinz zu leben? Wahrscheinlich hätte sie schallend gelacht oder mich wortlos stehen lassen. In meiner Verzweiflung dachte ich mir alle noch so unsinnigen Sätze aus, die eine Initialzündung bei ihr bewirken sollten. Gott sei Dank fiel mir jeweils kurz danach auf, dass ich hier als dummes, unfertiges Wesen stand und nie irgendwo ankommen würde, wenn ich so weitermachte.

Schließlich näherte ich mich ihr, gab vor, sie nicht bemerkt zu haben, und suchte mir schräg gegenüber, keine vier Meter entfernt, eine hässliche, dicke, farbige Frau aus, mit der ich im Hauseingang verschwand. Das alles ging sehr schnell und ich verließ die grausame Straße, in der ich Sophie nicht mehr wiedersah, mit einem gewissen Gefühl des Triumphs. Den Ekel abzuwaschen brauchte ich eine ganze Stunde. Das dröhnende Hämmern gegen die Tür des einzigen Bades auf meiner Etage würde ich noch lange hören.

SECHZEHN

Ich begann in einem Roman zu lesen, den ein Zwanzigjähriger zu Anfang des Jahrhunderts geschrieben hatte. Einer so alt wie ich. Ich verehrte ihn sehr und wollte so werden wie er. Natürlich hatte sich der Romanstil seither verändert, aber ich fand ihn ungeheuer modern in seiner klassischen Ausdrucksweise. Die gelungene Synthese zwischen Klassik und Moderne, die ich auch auf mein Leben anwenden wollte, um alle Wesen in mir zu bewältigen, sollte mich trösten. Er war mit neunundzwanzig gestorben. Das wollte ich nicht, obwohl ich nach dem Erlebnis mit Sophie schon daran gedacht hatte, Schluss zu machen. Jetzt aber hatte ich mich so weit gefangen, dass ich ihr keine Tür mehr öffnen wollte. Ich würde meine Examina machen und schreiben.

Das schmale Bändchen lag ständig auf meinem Bett, in der Nähe der Nackenrolle. Ich begann zu lesen:

Ich zog mich mit Vorliebe zurück, um die Welt auf mich wirken zu lassen und um gegebenenfalls zu reagieren. Aber stets nur so viel, wie unbedingt erforderlich war ...

Ich fühlte mich so verstanden. Wenn meine Mutter mich fortschickte irgendeinen Gegenstand zu besorgen, den sie unbedingt brauchte, ging sie davon aus, dass ich zwar keineswegs den bringen würde den sie erwartete, aber immerhin etwas, was brauchbar wäre.

Nach Beendigung der Schulzeit fühlte ich mich eines gewissen natürlichen Zeitplanes beraubt, der es mir ermöglicht hatte, innerhalb einer sanktionierten Monotonie mein Desinteresse zu kultivieren. Es erschien mir natürlich, dass mein bester Freund Pierre, den ich von Kind an kannte, mir nun meinen Tagesablauf diktierte. Wenn er kam und gegen zehn Uhr abends das Haus wieder verließ, hatte ich nach seinem zweistündigen Mo-

nolog das Bedürfnis, mich einem ausgedehnten Badbesuch hinzugeben.

Ich steckte mein Buch zurück unter die Nackenrolle, schüttete das Glas Milch hinunter, nahm die überfüllte Mappe mit dem Leinenband und dem Schloss. Was machte ich eigentlich hier? Meine erste Vorlesung begann um acht. Um keinen Preis wollte ich irgendeine Station auf dem Weg in ein vernünftiges Leben verpassen. Kleine Blattschichten meiner Croissants segelten im Licht der Hoffenster auf die Treppenstufen. Der Patron strich den unteren Flur grün. Es roch erbärmlich. Ich ging die schmale Rue Victor Cousin hinunter und traf Claude an der Place de la Sorbonne.

Es ist vorbei, sagte ich, entschuldige wegen gestern. Stell dir vor, ich hatte Sophie in der Rue Blondel ...
Ich habe sie auch gesehen!
Aber wir waren doch kaum ...
Sie ist nicht zu übersehen. Kein Wunder, dass dir übel geworden ist. Aber ganz sicher war ich mir nicht, ob du sie entdeckt hattest und dir deshalb übel war. Darum habe ich nichts gesagt.
Das Schlimme ist, dass ...
... dass du sie am liebsten nicht hergeben würdest!
Aber das ist ja ganz unmöglich ...
Mit ihr ist nichts unmöglich, sagte Claude nachdenklich.

Ich wunderte mich; wir betraten eilig die *Salle Neuf.* Später hatten wir eine freie Stunde und lümmelten uns vor dem Hôtel Sélect. Wir legten die Beine hoch, als wollten wir sie am Glück des Tages lecken lassen. Neben mir saß eine, die ihre Mappen vor der Brust trug. Ihre Knie glänzten. Hinter meinen glatten Schuhsohlen brauste der Verkehr in etwa sechzig Meter Entfernung. Es wurde viel geraucht und noch mehr Blödsinn geredet. Wir ließen die Augen schweifen. Es gab ganz erstaunliche Mädchen, darunter seltene Beispiele niedergehaltener Schönheit.

Sicher wohnten sie in einem Stift, wo man ihnen sogar die Stärke der Transpiration vorschrieb. Was hätten die aus sich machen können!

Obwohl ich mir sagte, dass Sophie nun keine Rolle mehr für mich spielen könne, wusste ich, dass die Zeit ohne Suche nur begrenzt wäre. Anfänglich würde man in seinem Leben oder den Cafés wie in Plastikspardosen herumsuchen, in die ja nur die übrig gebliebenen, schmuddeligen, kleinen Geldstücke gekommen waren. Würde suchen nach einem einzelnen, hellglänzenden, frisch geprägten Stückchen Glück – und sei es auch nur einen Centime wert.

Birte, die Dänin, kam vorbei, und wir strengten uns ein wenig an. Eigentlich war sie nur für den Sektor Humor zuständig, aber sie war *proper*, und solange nichts anderes uns reizte, konnten wir ruhig einmal unsere Angelhaken an ihr kratzen lassen.

Ich kam am frühen Nachmittag nach Hause und griff als erstes nach meinem Buch:
Mein Vater, dem dieses unerfüllte Dasein gegen den Strich ging, versuchte auf jede nur erdenkliche Weise, mich für eine sinnvolle Aufgabe zu gewinnen.
Genau wie bei mir!
Da es mir persönlich völlig absurd vorkam, jahrelang ganze Bibliotheken zu verschlingen, nur um am Ende mit der Dokumentenmappe unter dem Arm begraben zu werden, verzichtete ich gern auf diesen Grabschmuck, um mich ganz dem lautlosen Nachhall der Sekunden auszuliefern. Eine meiner Mitschülerinnen, der das geforderte Pensum nur so zuflog, kam meiner Veranlagung sehr entgegen. Sie lieferte mir die Hausaufgaben tagtäglich, vorbildlich ausgearbeitet, gegen entsprechendes Honorar. Bei meinen Lehrern galt ich als nachdenklich und ver-

schlossen, und man sagte mir, da ich nie zu Klagen oder über-
schwänglichem Lob Anlass gab, eine beachtliche Karriere vo-
raus. Ich wartete ab.

War hier von meinem Bruder die Rede?

Auch ich verdankte das Wohlwollen meiner Kursleiter dem
Umstand, dass ich mich niemals vordrängte. Die Nachsicht, mit
der man mir meine Ruhe während des Unterrichts gewährte,
kam daher, dass meine Hefte stets makellos waren, dank meiner
Freundin, und ich die Klassenarbeiten früh genug abgab.

Ich blickte auf das Bild meiner Eltern und machte mir einen Kaffee. Mein blauer Butangaskocher fauchte leicht und erzählte mir davon, dass das Leben immer weiter strömt und dass es, was immer auch geschieht, nicht aufzuhalten ist. Ob Sophie darin noch einmal vorkäme, bestimmte der Zug des Lebens, nicht ich. Mein Vater, der zuweilen so etwas wie einen Blick in der Stimme hatte und mit Vorliebe hinter den Berg schaute, der noch vor einem lag, sprach oft vom *grand train de vie*, vom großen Fuß, auf dem zu leben man sich leisten können müsse. Ich verstand darunter ganz etwas anderes, wollte aber Nachsicht üben, denn auf dem Familienfoto lachten beide sehr gewinnend, und vielleicht hatten sie ja aus ihrer Sicht gar nicht unrecht.

Erst jetzt entdeckte ich den weißen, mit kleinen, unschuldigen Sonnenblumen bedruckten Slip, der an meinem Spiegel baumelte.

Ich mochte verdammt noch mal Sonnenblumen, doch diese hier wollte ich zutiefst ignorieren. Ich faltete den fatal frisch gewaschenen, nach porenreinem Pulver duftenden Slip zusammen, und legte ihn ins unterste Fach meines Schrankes, wo man ihn nicht auf Anhieb sehen könnte. Konnte sie eigentlich nur mit dem Körper argumentieren? Ich hatte keine Antwort. Da war nur ein vereinsamter Schmerz irgendwo in der Brust.

Ich erledigte ein paar schriftliche Arbeiten und griff gegen achtzehn Uhr nach meiner Lektüre.

Nur eine Nothochzeit hätte mich noch mit Sophie zusammenbringen können.

Hatte nicht André Gide gesagt, es sei besser für das, was man ist gehasst, als für das was man nicht ist, geliebt zu werden? Ich war mir da nicht mehr so sicher, obwohl dieser edle Satz mir weiterhin gefiel. Vielleicht lag es daran, dass ich nach wie vor nicht wusste, wer Sophie eigentlich war. Spielte sie Liebe und ihr Verderben in exaltierten Szenen, weil sie nicht lieben, oder sich nicht zur Liebe entscheiden konnte? Oder weil die Liebe sie schlichtweg nie entschied? Ich vertraute der Einsamkeit, der gewaltigen Triebfeder fürs Große. War nicht fast alles Bemerkenswerte unserer Menschheitsgeschichte aus Einsamkeit entstanden? War sie nicht immer eine Triebfeder, selbst dann noch, wenn sie einmal lahmte?

Ich flüchtete mich wieder in mein Buch:

Wir lebten in der Provinz, wo man Regelmäßigkeit und Mittelmäßigkeit schätzt und als ein sicheres Zeichen der Normalität ansieht, wo ehrgeizige Pläne, die nur Männer unter sich ernst nehmen, solange sie an der Theke stehen, als zusätzliche Bestätigung eben dieser Normalität gelten ...

Mein Zimmer lag unter dem Dach, mit dem Fenster zum Fluss. Dort verbarg ich mich zu gewissen Zeiten. Ich ertrug es damals nur sehr schwer, stets zu den gleichen Zeiten zum Essen gerufen zu werden. Ebenso erschien es mir seit meiner Kindheit widersinnig, bestimmte Formen des Umgangs zu pflegen. Die Gewöhnung des Körpers und Geistes an gewisse Stundenpläne erregte mein Misstrauen frühzeitig. Ich erkannte keinerlei biologische Notwendigkeit, die eine solche Gesetzmäßigkeit gerechtfertigt hätte. Ich wollte träumen, nachdenken, mich treiben lassen.

Während sich meine Eltern Gedanken darüber machten, ob ich lediglich entwicklungsbedingte Proteste exerzierte, oder aber eine ganz und gar komplexe Persönlichkeit zu werden drohte, vielleicht sogar eine künstlerische, waren mir diese häuslichen Normen einfach unbequem und lästig. Mein Vater bestand auf der Heilsamkeit der Ordnung, die er akzeptierte, weil alle Welt es tat. Diese Gesetzesliebe stand im Kontrast zu seiner oft ausbruchsartigen Großzügigkeit, die ich allerdings zeitweise als Bequemlichkeit abqualifizierte und ihn damit an einer empfindlichen Stelle traf. Er strafte mich dafür mit Hausarresten, mit Nachmittagen, die ich auf meinem Zimmer zu verbringen hatte. Er ahnte nicht, dass er mir damit einen Dienst erwies.

An solchen Nachmittagen überließ ich mich ganz meinen Gedanken, lauschte den Geräuschen des Flusses und war zutiefst dankbar, nun fast aller Pflichten enthoben zu sein.

Am nächsten Morgen hörte ich eine Vorlesung über den *nouveau roman* mit Schwerpunkt Alain Robbe-Grillet. Irgendwann einmal hatte ich diese literarische Spielart interessant gefunden, zunehmend jedoch kam sie mir eher trocken und blutleer vor. Zwar wollte auch ich objektiv sein und den Dingen ihren Platz lassen, aber konnte ich ihnen neben Sophie auch eine Seele zubilligen? Die geforderte Distanz unterschrieb ich, ich wollte es aber nicht dazu kommen lassen, dass etwa mein Tisch oder mein Gaskocher zu sprechen begannen.

Ein Leben, ein Roman mit Fleisch, das ist so, als wenn man losgelöst von allem die weiße, weiche Brust einer Frau liebt und Augenblicke nichts vom Kopf und dem ganzen Rest weiß, ohne das alles zu missachten. Im Gegenteil. Was Wunder, dass mir da satte Sonnenblumen in den Sinn kamen? Der Rapport von Sophies Slip wanderte verwirrend hinter meiner Stirn, die Zentren dieser kleinen unschuldigen Sonnenblumen waren nur große, schuldlose, fragende Augen, in die ich nicht lange genug und vermutlich ohne die nötige Anteilnahme geblickt hatte.

Ich raffte geräuschvoll meine Papiere zusammen, als habe mich irgendein Schlag getroffen, überraschte Claude damit total, der hingebungsvoll neben mir der Vorlesung lauschte, und suchte das Weite. Ich zuckte die Achseln, verließ den stark besetzten Hörsaal vernehmlich. Ich rannte, als ob ich einen Zug verpassen könnte und landete leer vor dem Hôtel Sélect, wo ich mich in einen weißen Kunststoffsessel fallen ließ. Sie würden glauben, mir sei schlecht geworden.

Das Weite aber war nichts als ein schwarzer, heißer Kaffee, in einer dickwandigen, kleinen Tasse, auf dem der Dampf flache, graue Wirbel zog. In der leeren, weißen Porzellanhülle blieb anschmiegsamer Schaum zurück, in dem das unbekümmerte Lachen einiger Studentinnen der Erstsemester mit einzutrocknen begann.

SIEBZEHN

In Zeiten der Schwäche entdecken wir in uns mehr Menschlichkeit als wir selbst vermutet haben. Doch oft täuschen wir uns auch. Sophie war eine Rarität und somit galten für sie andere Gesetze. Ich sagte mir, es ist nur wichtig von meiner Wahrheit überzeugt zu sein, dann ist sie auch eine Wahrheit. Sophie zu vergessen war genauso richtig, wie ihr eine neue Chance zu geben. Hatte ihre Seele nicht längst in meinen Augen Schaden genommen? Wer sagte mir das?

Es war noch vor sechs Uhr morgens, auf den Kaminen tummelten sich kleinere Kissen Frühnebel. Samstag. Ich konnte nicht schlafen. Vor lauter Ausschmückungen und Variationen, vor lauter Umwegen hatte ich die Fadenenden verloren und griff deshalb nach meinem Buch. Wenigstens hier gab es einen Anfang und ein Ende. Es war so einfach, den geschriebenen Worten zu folgen und sicher an den bereits feststehenden Ausgang zu gelangen. Ich legte das Buch wieder weg.

In der Uni erwartete ich mit Sehnsucht die Tageszeiten, an denen ich allein sein würde, um meine Gedanken zu erforschen und aufzuschreiben, und um die Wirkung der noch einmal laut gesprochenen Worte auf mich zu prüfen.

Oktober. Der Weinmonat. Mein Wein war bitter geworden. Ich hatte den Tag mit Lernen verbracht, und da Claude seine Eltern besuchte, schlurfte ich allein gegen 18:00 Uhr hinunter zur Cité. Es kam wie es kommen musste. Es trieb mich in Richtung Rue Saint-Denis. Ich erreichte den Boulevard Sébastopol, wo gerade ein Unfall aufgenommen wurde. Ein junger Mann lag am Gehsteigende, teilnahmslos, wie leblos, umringt von Menschen, die immer so merkwürdig machtlos sind. Viel nutzloses Hinsehen, als sei das eine unverzichtbare Leistung. Ich ging weiter, als der Unfallwagen eintraf.

Einen Augenblick lang stellte ich mir vor, hier zu liegen und Sophie käme vorbei. Ich hätte noch unter ihren Rock geschaut und danach hätte ich sie prüfen können. Wie stand sie wirklich zu mir? Hätte sie mir geholfen, wäre sie vor Sorge ausgerastet? Ich war sogar von meiner Freude bedrückt, sie könne alles hinter sich lassen, sich auf mich stürzen und eine Spontanheilung vollbringen. Ja, sowas stellte ich mir vor.

In ihrem weißblauen Zimmer, das ich damals noch nicht kannte, ging das Licht seltsame Umwege. Dieses Zimmer, in dem wenig stand, das sie peinlich aufgeräumt hatte, als wolle sie sich aus dem Leben verabschieden, dieses Zimmer sah so aus, als habe sie ein Buch hinterlassen, in dem ich alles bisher nicht Gekannte über sie nachlesen könnte.

Einmal kam ich hinauf und sie war nicht da. Sie hatte vergessen, abzuschließen. Ein paar Zeitschriften glänzten; auf dem Nachttisch hungerten meine Gedichte nach Lesern. Am liebsten hätte ich da gesessen, das fallende Licht über mich gezogen, ein Gewebe aus Gewissheit und Vorstellung.

In diesem Moment kam es mir vor, als sei ich nie so eng mit ihr vereint gewesen, bis ich das Heft entdeckte, in dem sie unbekleidet posierte. Ich starrte es an, glaubte es nicht.

Später, als ich sie fragte, meinte sie, sie wolle zum Film, das ginge nur über solche Bilder.

Claude holte mich mit seinem 2CV ab. Als ich durchs Rückfenster sah, stand Sophie im Torbogen, als sei sie die ganze Zeit dagewesen und sie war es wohl auch. Im Nebenzimmer, im Schrank? Sie stand und lächelte. Im Wasserstrom des Rinnsteins, der von einem dieser Lappengebilde umgeleitet wurde, ging ihr Lächeln unter. Und ich sah sie wieder dort stehen, in der Rue Blondel. Die Straßen waren danach nur noch hohle Schläuche. Die Häuser käsig. Explodierende Klänge, plötzliche Stille, überall vermutete ich Gestalten, die scheinbar unversehrt auf Männer warteten. Eine Stunde hatte ich zuletzt ausgeharrt, auf Sophie gewartet wie ein Hund. Schließlich fragte ich nach ihr, bis ich erfuhr, dass jede Frau hier andere Namen hatte. *Sie ist weg,* erbarmte sich schließlich eine der Längergedienten, *sie probiert halt alles aus. Sie ist keine von uns.* Ich war erleichtert. Fast fünf Monate sollte ich leiden, denn sie tauchte erst dann wieder auf. Aber nicht dort.

An einem Sonntagmorgen, schon sehr früh, bestellte sie mich zur Place du Tertre. Ausgerechnet dorthin. Natürlich würde ich nicht gehen. Man konnte nicht alles mitmachen. Der kleine, rote Zettel mit ihrer großen Handschrift schien meinen Tisch zu entflammen. Selbst als ich ihn weggeworfen hatte, wollte er noch, eine geheime Energiequelle, die Magnetfelder meines Zimmers stören. Und er tat es.

7:00 Uhr. Herrgottsfrüh. Sie stand vor der um diese Zeit geschlossenen Konditorei, sah mich kommen, beinahe gleichgültig. Sie hatte nicht ein einziges Mal daran gezweifelt. Frierend, mit diesen verschränkten Armen, ging sie langsam in Richtung Place du Calvaire. Braune Stulpenstiefel, enge, gestrickte braune Hose, halsferner Rollkragenpullover mit Schal aus dem gleichen Stoff. Sie ging schweigend, zog mich einfach mit. Über den Dächern hing ein graues Dunstnetz. Die Stadt war zu unseren Füßen wie das zukünftige Leben, in dem auch keine genauen Details erkennbar waren. Ganz fern wütete bläuliche Leere.

Rechts, in einem Anbau, ging schemenhaft eine Frau im weißen Bademantel telefonierend auf und ab. Ging unentwegt diagonal durchs Zimmer, den Hörer zwischen Schulter und Wange geklemmt, die Hände in den weichen Taschen. Doch sie sprach gar nicht, vielleicht hoffte sie, jemand würde am anderen Ende abnehmen. Vielleicht kontrollierte sie nur ihren Liebhaber, oder lauschte einem Monolog.

Wir hatten die Arme nebeneinander aufgestützt. Unter uns ein unbebautes Grundstück und die Rue Gabrielle. Die Welt schien unbelebt und vielleicht wollte Sophie mir einfach nur zeigen, ganz gleich was geschieht, ganz gleich wie heruntergekommen eine Gegend am Tag ist, mit hunderttausenden Touristen, sie besaß auch eine reine Schönheit und nur wir beide hatten Teil an ihr, wenn wir das wünschten. In diesem Moment wollte ich mit ihr jenseits der Sterblichkeit sein, in einer Blase der Stille geschützt, unverletzbar. Ich wollte mit ihr aufsteigen in eine Umlaufbahn, in die uns nichts Trennendes nachfolgen könnte.

Das Leben, sagte ich leise, kann man nicht überleben, ohne Gewissheit. Ich bin froh, dass du gekommen bist.

Ich lächelte sie an, nahm ihre kalte, kleine Hand wie einen frierenden Vogel, legte den Arm um sie und wusste auf einmal, was das Wort Liebe wirklich bedeutete. Es bedeutete Bedingungslosigkeit und Zuversicht. Und selbst in der Kälte spürte ich ihren Duft, ihre Haut, die ein glänzender Fluss war unter der Sonne. Ihre Honigbrüste atmeten durch den Stoff, ihr Gesäß, ihr kleiner Hügel waren allgegenwärtig, spielten ganz verschmitzt unter der Wolle.

Hinter ihren Augen sah ich endlich Land.

Ich brauche Geld, sagte sie. Ich nehme an du leihst mir was!

Und ... und darum bestellst du mich hierher?

Wegen der Atmosphäre!

Und wie ist es mit der Atmosphäre ... in anderen Gegenden, zum Beispiel ... in der Rue Blondel?

Mein Körper gehört mir!

Klar ... und wie ist es mit deinem Herzen?

Ich habe kein Herz.

Ich sprach einfach so weiter, ohne groß nachzudenken. Ich hatte einen Hammerschlag bekommen, wartete auf die Beule. Doch offenbar war ich so betäubt, dass ein Schutzschalter umgeschlagen war. Die Beule kam nicht, aber eine zeitweilige Stumpfsinnigkeit. Sollte etwa dieser Platz mit ganz anderem Bedacht gewählt worden sein? Place du Calvaire. Kalvarienberg. Schädelstätte. Hinrichtungsplatz. Mir brummte der Kopf. Hatte ich, verdammt nochmal, vierzehn Kreuzwegstationen vor mir?

Ich habe gelesen, sagte Sophie, dass es Personen gibt, die ein ganzes Jahrhundert geprägt haben. Irrsinnig was?

Sie erstaunte mich immer wieder. Gerade hatte ich noch meine katholische Erziehung zu Rate gezogen, da war sie bereits bei Jahrhundertpersönlichkeiten. Sie sah ganz unschuldig aus.

Und dafür brauchst du Geld?

Mir genügt es, im Film Karriere zu machen!

Ob ... die Rue Blondel dafür gut ist?

Alles hat seine Zeit. Es imponiert mir sehr, das mit dem Jahrhundert! Manchmal spricht sowas nicht für die Jahrhundertpersönlichkeit, sagte ich, sondern für die Fantasielosigkeit des Jahrhunderts.

Aha, auch gut.

Und ... wieviel brauchst du?

Ich nehme es nur, wenn du es aushältst.

Ich halte viel aus.

Das spricht nicht unbedingt für Stärke, kann auch Schwäche bedeuten.

Wofür brauchst du es?

Das ist meine Sache.

Verdienst du nicht genug ... da?

Ich mache es nur wenn ich Lust habe. Ich brauche 5000 Franc.

Ich weiß nicht einmal wo du wohnst!

Brauchst du auch nicht. Ich finde dich schon!

Aber wie kann ich dich lieben, wenn ich ständig nach dir suchen muss? Wie denn?

Ohne Suche keine Liebe. Das weiß jeder. Ich lebe im freien Flug. Ich sagte Dir schon mal: Ich tanke sogar im freien Flug, wie diese Dinger da, diese Bomber ...

Ganz schön teuer so'n Flug.

Liebe ist auch teuer. Sie kostet uns das Leben. Manchmal.

Sophie ...

Was ist jetzt?

Komm am Mittwoch vorbei.

Dienstag wäre besser, ich könnte sonst Claude fragen.

Das machst du nicht. Er will mit dir nichts zu tun haben. Außerdem ist er mein bester Freund.

Schöne Freunde!

Was sollte das heißen?

Ich hatte oft ins Spiel des Alltags eingegriffen, wenn es schon zu spät war, schon verloren. Am liebsten hätte ich jetzt alle gängigen, alle verbürgten Bilder vom Leben ganz aus dem Gleichgewicht gebracht. Manchmal hatte ich Überraschungen täuschend echt nachgestellt, ohne mich betrogen gefühlt zu haben. Jetzt war ich zerrissen, hatte kein Werkzeug, um an diesem Wahnsinn herumzuhämmern. Mein Kopf führte zähe Verhandlungen mit den Umständen.

Da unten lag der Acker Paris, in dem Gold und Müll gediehen. Vielleicht sollte ich Sophies Bild dort einsinken lassen und mich um die Ernte nicht mehr kümmern. Ich sollte abhauen, mein Zimmer als friedliche Plantage betreten, Sophie einfach vergessen. Was machte es schon, wenn dieser Sonntag zu einem müden Reptil würde. Meine inneren Bücher waren Rüssel, die ans Licht zu treten hätten, und zog ich nicht daraus das größte Vergnügen? Sollte ich mich darauf einlassen, dass Liebe die Vernichtung des anderen bedeuten konnte?

Ich will in dich eindringen, sagte ich weich.

Ich nahm ihren Kopf ganz nah an meinen heran. Unser Atem vereinigte sich.

Bis zur Klagemauer, Sophie, ich liebe dein Jerusalem. Wie konnte ich jemals glauben, es gäbe dich nicht. Du bist mein Licht. Meine Erde.

Ich finde mich ohne Licht zurecht, sagte sie.

Ohne Licht?

Das hat mir meine verfluchte Sippe beigebracht.

Und wo ist die?

Da in der Provinz. Aber sie kommt vom Rand der Wüste. Ich muss gehen. Bis Dienstag also. Aber eine *beurette** bin ich nicht.

Wüsten gibt's auch in Frankreich. Also, heute nicht, bitte!

Wieso gehst du gerade jetzt?

Weil nur das Jetzt zählt. *Mein wahres goldenes Zeitalter ist jetzt, denn jetzt ist die einzige Zeit, die ich habe.* Das hat Raymond Radiguet gesagt. Der Autor von *Den Teufel im Leib.*

Ich weiß, ich weiß, ich verehre ihn, aber wieso kennst Du den Ausspruch?

Wieso denn nicht?

Es schmerzte mich nicht zu wissen, was sonst sie noch alles wusste und in sich trug. Sie verehrte Radiguet. Mein Gott! Ob sie ihn überhaupt kannte? Das Rätsel Sophie ließ mich manchmal nicht einschlafen.

Sie ging mit ihren langen, schwarzen Wimpern, durchdrang die Membrane meines Schmerzes, war dann einfach weg. Vielleicht leicht konnte sie ja fliegen. Ihre kurzen, kleinen Absätze klangen mit ihrem hohlen Mezzo-Klick-Klack wie Kastagnetten nach.

* *beurette:* Tochter maghrebinischer Einwanderer in Frankreich.

ACHTZEHN

Der Patron hatte mir ein blaues Briefchen von Sophie gereicht und geschmunzelt.

Une femme fatale?

Ne sais pas. Weiß nicht.

Un verre de vin? Ein Glas Wein ?

Im Moment nicht, danke, es ist zu früh, ein anderes Mal.

Die Tochter Jacqueline sagte wenig. Sie hatte einen Friseur geheiratet und sah verhärmt aus.

Wie hatte Sophie es verdammt nochmal geschafft, vor mir hier zu sein?

Das Türschloss machte *saappp, saappp.* Auf dem Rohrtisch warteten meine Studien. Seit dem zweiten Semester hatte ich das

Fach Deutsch hinzugenommen und nicht geahnt, was ich mir da aufgebürdet hatte. Im Augenblick führten sie jenseits der Grenze wieder einmal höllische Diskussionen um eine neue Rechtschreibung. Eine Sprache mit einiger Aussicht, die immer noch lieblos in Frankreich behandelt wurde.

Der kleine Brief war nur mit der Zungenspitze an einer winzigen Stelle berührt worden. Mit Sophies Zungenspitze, die nun irgendwo in dieser riesigen Stadt gegen kleine, weiße, regelmäßige Zähne stieß. Über andere Ausflüge mochte ich gar nicht nachdenken. Ich liebte es, wenn sie schnell sprach und alle Hürden nahm, eine Akrobatin. Ich liebte es, wenn sie ihre Beine hochzog und sich in einem Sessel unterbrachte, ich liebte es ...

In den Höfen markierten Schritte neue Richtungen. Die Schatten hatten ein anderes Leben. Der Spiegelschrank mit den braunen, blätternden Flecken im Silber fing das Licht unwillig. Meine Vergangenheit, meine Zukunft waren ein stehendes Wasser. Auf den Zinkdächern zerbröselte ferner Lärm. Die Brandmauer gegenüber wurde neuerdings abgestützt. In Sophies Brief fand sich nichts als ihr Lippenabdruck und die kleine weiße Stoffrose von ihrem BH.

Ich war fasziniert. Doch ich konnte mir diese Rose nirgendwohin nähen. Vielleicht könnte ich ja den Sonnenblumen-Slip damit schmücken. Und so würde ich ihr nach Jahren ein Gesamtkunstwerk von Gegenständen präsentieren, an die sie sich kaum noch erinnern würde.

Ich moserte ein wenig herum, war tief gerührt, und holte das Buch unter der Nackenrolle hervor. Keine Ahnung, ob ich lesen wollte. Keine Ahnung, ob ich mich noch in die letzten Vorlesungen schmeißen mochte. Ein, zwei Kapitel würden meinen Puls wiederherstellen. Nach ein paar Sätzen hatte ich genug.

Unsere Wohnung lag außerhalb des Ortes, im ersten Stock eines strengen, schönen Hauses. Ich war es zufrieden, nicht mehr zu Hause zu leben.

Auch meine Mutter hatte mir mit Liebe und noch mehr Eigenliebe bei der Einrichtung des Zimmers geholfen. Dagegen konnte man sich nicht wehren. Ihre praktische Erfahrung war groß und logisch, aber sie war stets enttäuscht, wenn ich für bestimmte Dinge andere Plätze auswählte als sie selbst. So war es ihr beispielsweise unverständlich, dass ich die Gästegarderobe außerhalb meines Zimmers unterbringen wollte. Mein Vater hielt sich zurück. Meine Eltern hingen mit ängstlich-strenger Liebe an mir. Sie fühlten sich immer verletzt, wenn ich mich kritisch äußerte.

Es klopfte an der Tür wie Steinschlag. Claude. Er wollte mich aufheitern und zum Essen abholen. Ich willigte ein, ich warf alles hin. Als er den Brief mit offenliegendem Kussmund sah, hüstelte er vernehmlich.

Guck mal, sagte er, und hob einen alten Artikel hoch, das ist ziemlich interessant, der Kritiker Grenier spricht hier vom heutigen *Homo absurdus,* mit dem man es zu tun habe, als von 'einem abgestorbenen Bewohner eines Jahrhunderts'. Der hat dich nicht gekannt!

Ha, witzig! Spricht er nicht auch von Kafka? Sagte er nicht etwa: '... dessen Prophet Kafka ist.'

Also, sagte Claude, verwundert, woher weißt du das?

Ich studiere.

Wer hätte das gedacht? Komm, ich will heute nur noch tierisch fressen!

NEUNZEHN

Frankreich ist nichts ohne Paris, sagte meine Mutter bei einem ganz harmonisch beginnenden Frühstück, an einem kalten Sonntag im November.

Aber Paris ist nicht Frankreich, sagte mein Vater, der seine Anwalts-Praxis nun einmal nicht verlegen konnte.

Gehst du auf Feste, Jacques?

Weniger.

Der streng nach *Le Nôtre* angelegte Garten hinter unserem Haus, trauerte neblig. Meine Schwester und mein Bruder waren bei den Großeltern mütterlicherseits und so kamen wohl auch intimere Themen zur Sprache.

Wie kommst du voran?

Ich stehe gut.

Hast du Freunde?

Ich bin nur mit Claude befreundet, er ist in meinem Kurs.

Ich finde ihn ja ganz in Ordnung, sagte meine Mutter. Aber ist er nicht Protestant?

Mich stört das nicht, ich gehe nicht mehr in die Kirche.

Aha, sagte mein Vater.

Jetzt würde er auf den Segen bestimmter Einrichtungen und Riten zu sprechen kommen. Er würde die Sünde im Allgemeinen streifen und behaupten, natürlich respektiere er den freien Geist und die freie Entscheidung eines Erwachsenen.

Was tust du stattdessen?

Ich gehe in Galerien.

Die Kunst spiegelt die Schöpfung wieder, sagte mein Vater, aber kann sie selbst zur Religion werden?

Das Schreiben ist meine Religion!

Ich finde diese ganze Diskussion unerfreulich, sagte meine Mutter. Schaut euch diesen wunderbaren Tisch an, die Kerzen, die Atmosphäre, und da höre ich diese unterschwellige Missachtung heraus.

Was ist mit Frauen, fragte mein Vater unerschütterlich.

Was soll damit sein?

Geht ihr zu Nutten?

Jetzt reicht es aber, sagte meine Mutter.

Das fand ich auch, denn mein Vater hatte gerade ein hochsensibles, noch nicht ausgestandenes Thema berührt. Es lag quasi noch offen in mir, wie ein blutender Granatapfel. Er kam auf die Sünde im Besonderen.

Hast du eine Freundin?, fragte meine Mutter sanft.

Ja. Schon.

Du hast eine Freundin?!

Ja. Habe ich!

Und, ach so, und, ja und wie, ich meine, wie heißt sie?

Sophie.

Schön. Nur Sophie?

Sophie Langret.

Langret, sagte meine Mutter mit Verzögerungen, der Name sagt mir gar nichts. Ich kenne keine Langrets. Henri kennst du diesen Namen?

Von mir aus könnte sie Dupont heißen, sagte ich säuerlich.

Du Pont notfalls, sagte meine Mutter mit einer großen Pause nach dem *du*, was anderes wäre ja wohl nicht dein Ernst, oder wie verstehe ich das?

Mir ist es egal, wie sie heißt.

Wohnt sie bei ihren Eltern? Warst du dort bereits eingeladen? Und was studiert sie so?

Sie studiert nicht. Ihre Sippe lebt in der Provinz … Und im Moment weiß ich nicht genau wo sie wohnt.

Sie studiert nicht? Ihre Sippe? Du weißt nicht …

Sophie ist nicht wie andere Mädchen.

Besucht sie dich, wie trefft ihr euch, wenn du nicht weißt wo sie eigentlich ist?

Sie taucht einfach auf.

Sie taucht auf und du gehst dann wohl unter, sagte mein Vater spröde.

Sie ist einfach ein herrlich heißer Ofen!

Ich weiß nicht mehr genau, warum ich das alles sagte, aber es war gesagt. Was jetzt folgte, war ein vom Satintischtuch reflektiertes Schweigen. Das sanftblaue Licht der Kerzen suchte irritiert irgendwo Schutz. Man hörte Gabeln und Messer. Alle Gegenstände des Hauses bedrückten mich plötzlich. Ins blauweiß gestreifte Hemd meines Vaters schienen mir lauter ausweglose schmale Straßen eingewebt.

Im antiken Spiegel meines Zimmers erkannte ich den gleichen blauweiß gestreiften Kragen, der aus meinem grauen Pulli herausragte, der somit alles, was ich gesagt hatte, zu vernichten schien.

Mittags nahm ich den Zug. Mein Vater drückte mir im Entrée mit der rechten Hand kumpelhaft und schweigend den Nacken. Meine Mutter nahm mich in den Arm und ging dann still die geschnitzte Treppe zur ersten Etage hoch, um ihren Mittagsschlaf zu halten.

Pass auf dich auf, sagte sie leise.

Mein Vater nickte nur. Es hatte etwas Tragisches, wie er dastand, die Lippen zu einem wenig aufmunternden Strich zusammengepresst.

Das Studium ist vorrangig, sagte er schließlich. Das musst du wissen! Aber ich habe auch mal über die Stränge geschlagen.

Im Zug las ich das Buch zu Ende. Danach hörte ich meinen Vater noch einmal mit dem letzten Satz. Offen gesagt, ich wusste nicht, welche Stränge das hätten sein können.

Als ich in Paris ankam, bedauerte ich zutiefst, Sophie nicht einfach aufsuchen zu können. Ich rief Claude an und erfuhr, dass sie nach mir gefragt hatte. Mehr wusste auch er nicht. In meinem Zimmer angekommen, fand ich eine frivole Zeichnung auf dem Bett. Darin war von Sex und Geld die Rede in einer Weise, dass es mir in dem Moment schließlich nichts mehr ausmachte, mein Sparbuch, mit der Einlage für alle Fälle, für sie derart geplündert zu haben.

Sei um 20:00 Uhr am Kino Saint-Michel, schrieb sie. Und natürlich, ich ging hin.

ZWANZIG

Mir gefiel das Bild des Granatapfels. Oft stellte ich mir morgens, in der Vorphase des Wachwerdens, Sophies Leib vor und konnte Vergleichen nicht entkommen. Mund und Geschlecht rotierten um mich und machten mich fast verrückt. Die aufgeschnittene Frucht faszinierte mich derart, dass ich gelähmt unter den Vorstellungen lag und den Saft über mich kommen fühlte, ohne aber, und das machte mich noch verrückter, den Geschmack rekonstruieren zu können.

Welches Kino?, fragte die Frau an der Kasse.
In welchem ist man ungestörter, fragte Sophie.
Die Kassiererin zögerte, lachte und gab die Karte heraus. Ich hatte keine Ahnung, welchen Film wir sehen würden.
Sei ein sanftes Tier, sagte Sophie. Ich will's heute im Kino!
Aber ich bin ein gefräßiger Löwe.
Willst du wirklich eine Gazelle töten, an der du dich auch noch freust, wenn du satt bist?
Da war ich mir nicht so sicher. Ich meine, ob ich mich danach regelmäßig an ihr freute. Schließlich trug ich den Schmerz schon in allen Gelenken.

Du sollst mich nicht immer besiegen, sagte ich.

Es gibt keine Siege. Bestenfalls umkreisen wir uns.

Wie die Tiere?

Wie die Tiere. Eigentlich bist du ja zahm.

Sophie lachte laut. Leute sahen sich um.

Wir waren neben einer stoffbezogenen Wand abgesunken und konnten gerade noch sehen. Sie weinte und schluchzte zu Anfang des Films, dass es zum Heulen war. Ich habe sie überhaupt nur im Kino weinen sehen. Bis die Spannung nachließ. Schließlich zog sie mich hinab auf den Teppichboden, wo sie mich gierig, zwischen zwei Stuhlreihen, doch noch besiegte.

Mit einem unverhofften Beckenschiefstand verließ ich hinter Sophie das Kino. Dieser verfluchte Schmerz in der Gegend des Ischias machte mich ganz fertig. Lächelnd drehte sie sich indessen um und sagte:

War dir ganz schön peinlich, das Ganze, he, deshalb warst du wohl auch so zurückhaltend!

Was sollte einem da noch einfallen? Ohne Chiropraktiker käme ich jedenfalls nicht davon. Und ich glaubte doch schon, ein Kunststück vollbracht zu haben, für das ich jetzt büßen musste.

Sie ließ mich einfach stehen, raffte ihre Schultertasche, warf den Schal in einem unbeschreiblichen Zick-Zack-Schwung um ihren Hals, versank im Métroschacht Saint-Michel.

Also dann! Salut!

Auf dem Weg zum Hôtel Janus ging ich bei Claude vorbei. Als ich ankam, sah er merkwürdig neutral aus. Er telefonierte wortkarg. Ich hörte wie er leise sagte: Ich kann jetzt nicht reden. Und ich wollte, diskret wie ich bin, schon wieder gehen. Ich vermutete, er sprach mit einer Freundin, die er noch nicht lange kannte.

Claude war einen Kopf größer als ich. Er kam von einem großen Gut aus der Normandie, war blond und blauäugig und zog die

Blicke auf sich. Ich dagegen war der klassische Franzose. Einmeterfünfundsiebzig, siebzig Kilo, dunkel, mit jenem verhaltenen lateinischen Einschlag, der uns auch bei Frauen jenseits der Grenzen beliebt macht. Für meinen Geschmack hatte ich eine Dichter-Patina. Meine Mutter hielt mein Profil für aristokratisch. Das mochte stimmen, war mir aber egal, doch hätte sie etwas anderes sagen können?

Sophie hatte das Geld im Umschlag genommen und ohne nachzusehen eingesteckt. Sie hatte es mit keinem weiteren Wort erwähnt und war nach zehn Minuten wieder gegangen, nachdem sie die Toilette auf dem Flur benutzt und etwas bei mir getrunken hatte. Ich begleitete sie nach unten, was sie eigentlich gar nicht mochte. Im Treppenhaus kroch Essensgeruch, fast epidemisch. Die Leute aus Martinique machten sogar mitten in der Nacht üble Pfannengerichte, deren Geruch sich den ganzen Tag über hielt. Man musste die Zimmertür nachts mit einem feuchten Handtuch abdichten. Ein billiges Haus. Überwiegend Studenten, ein paar Einwanderer und Emigranten. Im Umschlag steckten nur 500 Francs. Woher sollte ich 5000 nehmen?

Dienstag. Mein Konto war dennoch geplündert. Mein Herz war gefleddert. Ich fand das Buch nicht, das ich unter der Nackenrolle abgelegt hatte. Sophie hatte ein Loch im Tag hinterlassen. Ein Loch der Ratlosigkeit, der Machtlosigkeit. Das Panthéon stand ungewohnt steif und frierend. Ich stürzte mich auf meine Studien und verlor die Orientierung. Auf einmal bestand der Wald des Wissens nur noch aus abgesägten Bäumen. Oben war nichts mehr, alles frei, nur weiter, grauer Himmel, man konnte nicht erkennen, um welche Bäume es sich handelte.

Mittwoch.

Monsieur! Die Stimme der Zimmerfrau schlug vom Hof direkt ins Fenster. *Un téléphone pour vous.* Ein Anruf für Sie. So nehmen Sie doch ab, Monsieur!

Inzwischen hatte ich ein eigenes Telefon, aber es kamen hin und wieder Haus-Gespräche, die ich nur über die Nebenstelle im Flur annehmen konnte. Es war Sophie.

Du weißt doch, dass ich jetzt eine eigene Nummer habe!

Komm sofort in die Rue Monsieur-le-Prince!

Und warum?

Weil ich da wohnen werde!

Kein Nomadenleben mehr?

Komm sofort! Ich warte gegenüber der Nummer sechzehn.

Sie hatte schon aufgelegt. Sie ließ einem keinen Atem, keine Bedenkzeit. Ich hatte mich danach an den Tisch gesetzt, um mit Deutsch zu beginnen, aber einen so verschachtelten Satz erwischt, dass ich aufgab und tatsächlich hinging. Es hatte einfach keinen Zweck, stark zu sein. Das war anstrengender als schwach zu sein. Mir kam es vor, als habe ich sie schon Ewigkeiten nicht mehr gesehen.

Schön, nicht, sagte Sophie.

Sie hatte einen Fuß an der Wand und schaute verträumt an der gegenüberliegenden Fassade hoch. Ihre Arme hielt sie sanft verschränkt. Sonst sagte sie nicht viel. Das kam mir neu vor. Es ging mir durch den Kopf, dass Claude ziemlich nah wohnte, und dass ich auf einem Weg beide besuchen könnte.

Was ist, gehen wir nicht hinein?

Da wohnt noch jemand, sagte Sophie, bis Ende Dezember, als sei das die natürlichste Sache der Welt. Und auf der Liste sind noch drei vor mir.

Und weshalb bestellst du mich dann her?

Guck mal, der Frauenkopf da, über der Tür!

Na und?

Den musste ich dir unbedingt zeigen!

Wunderschön. Ende Dezember, und noch drei vor dir.

Und ich werde da wohnen!

Das war eine klare Aussage und ich zweifelte nicht, dass es genauso kommen würde. Manchmal log sie auch. Besser: sie log nicht, aber sie veränderte die Farbe der Wahrheit.

Adieu, sagte sie, keine Zeit, ich muss die Concierge noch ein wenig schmieren!

Du bist eine Künstlerin, wenn Du das schaffst!

Ein Künstler, wie Du.

Ja, besser als ein Rechtsanwalt, wie mein Vater.

L'art est un mensonge, mais un bon artiste n'est pas menteur. Das hat Radiguet gesagt, *Kunst ist eine Lüge, aber ein guter Künstler ist kein Lügner.* Ich bin kein Lügner, Das sollst du dir merken. Nur so.

Ich kann dich, Jacques, wenn ich will, zu allem machen.

Sophie nahm kurz meinen Arm, ging davon. Sie löste sich einfach auf. Vor mir leuchtete, schillernd wie ein sterbender Fisch, der Buckel der Rue Monsieur-le-Prince. Das Wasser floss schnell im Rinnstein, mit einigen bunten Gemüseresten. Rauch hing überall, als käme er von Maronenrosten, Metzgereien und Kohleöfen gleichzeitig.

Die Stadt schien in sich selbst zu verschwinden. Ich wollte in mir verschwinden. In der nahen *Brasserie Tabac*, wo ich Briefmarken kaufte, war der Lärm unerhört. Ein paar nötige Briefe. Aber nur ein paar. Denn Briefe erzeugen neue Briefe. Ich litt, litt an Sophie, und doch schienen mir neben ihr alle anderen Frauen künstliche Paradiese. Rue Saint-Jacques. Autos dicht an dicht. Der aufgemotzte Mann in der winzigen Rover-Vertretung stierte rauchend auf das am unteren Sockel abgerundete Eckhaus gegenüber. Ein uriges Restaurant, das ich mir nicht leisten konnte.

Zwei Tage, nachdem ich von meinen Eltern zurückkam, ganze acht Tage, nachdem ich es ihr geliehen hatte, steckte Sophie mir den Umschlag mit dem Geld wieder zu. Ungeöffnet.

EINUNDZWANZIG

Manchmal, wenn ich mit den Studien nicht weiterkam, wenn mir alles so vorkam wie ein antiker, zerfallener Tempel, den ich allein wieder aufbauen sollte, entwarf ich Gegenstände, die keiner je sehen oder tragen würde. Uhren, Ringe, Möbel. Oder ich zeichnete Sophie in allen Lebenslagen. Ich zeichnete ihren Leib, ihre kleine Brust, den herrlichen Po, ich versuchte mich am Venusberg, versuchte alles und bedauerte, dass man ihren Duft nicht festhalten konnte. Dabei gelang mir nur das Gesicht leidlich, doch es ließ sich zeichnerisch nicht befriedigend einfangen. Das, was es ausmachte, konnte mein Bleistift nicht greifen.

Ich entwarf einen Ring für Sophie. Den Ring mit der eingelassenen Uhr. Und in dieser Uhr verewigte ich unser kriegerisches Wappen, über das ich mich oft mokiert hatte.

Der Ring, die Uhr, das Leben, schrieb ich mit schwarzer Tusche, rahmte das Blatt und schenkte es ihr. Sie betrachtete es lange. Dann legte sie die Hand in meinen Nacken und sagte:
Wie schön, dass es kein Gold ist! Mit der Uhr willst du mich erziehen. Mit dem Wappen in Schach halten. Und wäre der Entwurf real, würde das Gold mich binden.

Wir schwiegen beide. Das Licht auf der Zeichnung wurde vom Fensterflügel wie eine Kusshand herübergeworfen.
Du würdest so etwas wohl nicht tragen!
Ich weiß nicht, was ich würde, ich weiß nur immer, was ich im nächsten Moment tun werde, aber dann ist es schon entschieden.
Musst du wieder dahin gehen?
Ich zeigte in Richtung Cité, hinter der die Rue Saint-Denis ihren Anfang nahm. Ich musste wohl zum Erbarmen aussehen. Als ich auch noch den Kopf auf die Tischplatte legte, kam sie näher

und es entfuhr ihr eine ungewohnte Geste des Trostes. Aber sie sagte kein Wort.

Schnee in der Luft seit heute. Draußen fror jeder Atemzug. Ein Unmaß Gedanken raste durchs Zimmer und stieß sich überall. In der Landschaft Paris war Sophie eine Pflanze, die in jedem Terrain greifen konnte und durch noch so viele Umpflanzungen nicht an Frische verlor. Ich bat sie um ein Nacktfoto, weil ich vorgab, sie zeichnen zu wollen. Sie wies das vehement zurück, es sei unmoralisch. Liebe könne nur live sein. Immerhin. Sie blieb mir ein Rätsel.

Die folgende Nacht. Ich wusste nicht wo Nord oder Süd war. Ich wusste nichts über sie, nichts von ihr, als das, was ich sah, und was sich nicht reimte. Einige Sätze, die sie sagte, waren oft glasklar, einfach rein. Manchmal aber war der Sinn trüb und verschachtelt. Diese Nacht riss in mir Wunden auf. Aus dem Nachbarzimmer kamen laute, erniedrigende Worte. Die Beschlagnahmung der Zärtlichkeit.

Ich habe einen Termin, sagte Sophie.
Ich empfand es als Amputation ohne Betäubung.
Nicht so einen! Einen Modetermin. Komm einfach mit!

Ich raffte meine Wolljacke wortlos, den Schal, und begleitete sie. Ich sah sie in grauer Wolle, im Hof der *Sorbonne*. In aufwändigen Mänteln, zweireihig, große Revers, an der Madeleine, mit kostbaren Einkaufstüten. An der Gare du Lyon im Trenchcoat, mit grünem Koffer, den Schal dreimal gewickelt. Über ihr Gesicht huschte ein ganzes Leben. Blitzschnell, Videoschnitte, denen man kaum folgen konnte, veränderte sie ständig ihr Gesicht. Komisch, sie küsste niemanden im Team. Sie war nicht vulgär. Sie nutzte nur ihre natürlichen Ressourcen. Ich winkte ihr und ging. Das letzte was ich sah, waren ihre superhohen Absätze. Aus dem immensen Kreis der Stadt lief Klarheit in mich zurück.

Mein Zimmer glühte, auch ohne Licht. Die nackte Birne über dem Waschbecken glomm rötlich. Die wäre bald wieder hinüber. Der blaue Campingkocher keuchte. In der Werkstatt, tief unten im Hof, brannte ein Notlicht.

Du bist ein weißes, treibendes Gesicht, Sophie, sagte ich leise gegen die Wand, eins, das sich immer neue Körper sucht. Dabei bist du rein und unschuldig und für meine Dichterseele gemacht.

Ich dachte an ihren Nacken, an den Haaransatz, der mir allein schon arabische Nächte bescherte. Irgendwann würde ich wohl noch in China ankommen oder auf den Osterinseln. Ich lernte wie der Teufel bis zum Morgen und saß versteinert neben Claude in der ersten Vorlesung. Mittags aßen wir in der düsteren Mensa des *Maison des Mines* und machten in Claudes Zimmer mit dem Stoff vom Vormittag weiter. Bei ihm stapelten sich Manuskripte, Zeitungen nach Jahrgängen. Er lektorierte nebenbei, verdiente sich so ein Taschengeld.

Ich schüttete ihm mein Herz aus. Darin gab es viel buntes Plastikzeug, wenig Gold und Silber. Papierreste gab es da, Kitschpostkarten.

Sie ist ein irres Märchen, sagte Claude, aber als brauchbare Frau, da ist sie irgendwie tot. Ich meine, sie gilt nicht für dich. Schreib über sie, zieh dich hoch an ihr, sie ist eine Fiktion, eine literarische Erfindung meinetwegen. Aber sieh sie nicht als ernsthafte Freundin oder gar als Ehefrau!

Sophie und tot, sagte ich leise. Wenn sie tot ist, muss man ihre Lava noch extra erschlagen.

Du hast nichts verstanden, sagte er, und machte Kaffee.

Auf seinem Bett entdeckte ich plötzlich eine matt spiegelnde Beretta*. Ich war schockiert und begriff nichts. Er lachte nur und sagte tonlos:

Ed hat auch eine. In dieser Wüste – er machte eine Geste, die das riesige, graue Paris umfasste – in dieser Wüste brauchst du so etwas. Das ist nicht die Normandie, oder etwa Indre-et-Loire. Es ist die Wüste.

*Beretta: Italienischer Hersteller von Handfeuerwaffen.

ZWEIUNDZWANZIG

Sophie konnte bereits Anfang Dezember einziehen. Was heißt einziehen. Sie bestellte mich dorthin, um es einzuweihen. Das blauweiße Zimmer. Sie tat so, als habe sie immer in blauweißen Zimmern gelebt. Sie war an diesem Tag ein himmlisches Entgegenkommen. Gegenüber sah man ein medizinisches Institut, mit verzogenen, gelblichen Jalousien. Sie schloss den Vorhang nicht, zelebrierte unglaubliche, erotische Spektakel, an deren Ende wir beide nicht mehr wussten, wo oben und unten war. Ihr Körper schien doppelt vorhanden, und ich meinte Einblicke im Kopf zu haben, die kein Buch ohne Obszönität hätte beschreiben können. Einfach wahnsinnig machte mich der Umstand, dass sie gleichzeitig in Unschuldshäute schlüpfen konnte, als sei sie eine schon Jahrhunderte überdauernde Madonna in einem sakralen Seitenschiff. Wir duschten nach drei Stunden und sahen uns die Wohnung gemeinsam an.

Wo sind denn deine Sachen, fragte ich unternehmungslustig.

Außer ihrer Umhängetasche über dem Stuhl, aus der ein ganzes Bündel origineller Einfälle herausragte, und einem halbvollen, schwarzen Nylonkoffer, war nichts zu entdecken.

Ich besitze nichts, sagte sie, selbst überrascht. Ich fange ganz und völlig neu an.

Du hast keinen Anfang und kein Ende, sagte ich.

Ich hatte plötzlich Lust, mit ihr shoppen zu gehen.

Immer erwartete ich durch sie etwas Außergewöhnliches, auch an Tagen, an denen es sicher schien, dass sich nichts ereignen würde. Ich war ständig auf dem Seil mit Sophie, aber selbst wenn ich meinte, die Gravitation auf meiner Seite zu haben, traute ich ihr die Fähigkeit zu, die Gesetze der Physik außer Kraft setzen zu können. Vielleicht sollte ich tatsächlich Einkäufe mit ihr machen, und vielleicht sollte ich das Geld, mit dessen wunderbarer Wiederkehr ich ernsthaft nicht gerechnet hatte, nun für Sophie ausgeben.

Das Zimmer bleibt so, sagte sie unerwartet. Blauweiß, wie der Himmel.

Oder so kahl wie die Freiheit.

Es ist rein. Es ist nicht kahl. Es erinnert mich an eins deiner Gedichte.

Damit hatte sie ins Schwarze getroffen und ich überlegte, wie sie denn zu diesem Einfall gekommen war, ohne Nachhilfe. Ich war schon bereit gewesen, auf dem Dachboden meines Elternhauses in Tours nachzusehen und heimlich von dort Dinge für sie fortzuschaffen, die seit zehn Jahren niemand mehr in die Hand genommen hatte.

Ich küsste ihren aufgeworfenen Mund, in dem man, wenn man nicht aufpasste, wie in einem heißen Krater spurlos verschwinden konnte und sagte, während ich sie *staccato* küsste:

Mein weiblicher, kleiner Villon, verehrt und angespien, mein kleines Nomadenmädchen, meine siebzehnjährige Dichterin, meine kleine Rimbaud-Geliebte, mein entrücktes Bettelkind, meine Vagabundin, meine ...

Es gefiel ihr nicht schlecht, und sie ließ die Worte als Wellen über sich hinwegfließen. Eigentlich waren wir leer und erschöpft, aber diese Worte brachten sie total auf.

Sie war gänzlich neu. Ich liebe solch blankgeputzte Morgen, die noch keine Geschichte kennen, höchstens unbewusst eine

Erinnerung anstoßen, oder ein Bild in mir aufhängen, wie man noch keins gekannt hat.

Bist du jemals in der Rue Saint-Denis gewesen? Es traf mich als dunkler Glockenschlag direkt neben dem Ohr. Es gab keine Ausflucht. Es gab nur Ehrlichkeit mit Sophie. Außerdem, sie wusste doch alles. Ja. Und du willst wissen wie oft! Einmal ist genug. Zehnmal ist wie keinmal. Ich als dein kleiner Villon, will alles von der Welt verstehen.

Sie wird in der Rue Monsieur-le-Prince ein Jahr wohnen. Dann wird sie zu mir ziehen und dennoch vogelfrei sein. Auf die Rue Saint-Denis kamen wir nie zurück.

Wie war es doch gewesen? Sie schritt. Ja, sie schritt. Ich starrte sie an, vergaß augenblicklich meine Vorlesungen am Boulevard Raspail, folgte dem wippenden kurzen Rock, dem Lackgürtel, dem weißen, engen T-Shirt, in gebührendem Abstand. Es war eine Betäubungsspritze, die gleichzeitig euphorisch macht. Ja so war es. Dieses Bild holte mich überall ein. In immer neuen Rahmen, immer neuen Farbgebungen. Unter allen Umständen.

Lendenlahm fand ich in mein Zimmer zurück, und machte mich an die Vorbereitung von Klausuren. Die Schreibmaschine. Das Notebook. Vier Tassen Kaffee. Die Signatur auf blauem Papier. Der kalte Flur beherbergte eine Stunde voller Schritte.

Im Hof lag vermutlich Schnee. Lange Gänge durchs Zimmer. Jemand öffnete irgendwo einen Automatikschirm. Eine Zigarette. Fenster aufreißen. Glieder aus Blei. Das Radio spuckte am laufenden Band Evergreens aus wie: *La place rouge était vide ...* Gegen 19:00 Uhr rief meine Mutter an und wollte wissen, ob ich auch richtig äße, es wäre ja gerade Abendbrotzeit, was ich denn im Moment so zu mir nähme. Ich klärte sie darüber auf, dass die

Verhältnisse hier ein wenig anders wären und dass ich dann äße, wenn ich Lust oder Zeit dazu hätte. Ja, so wäre es hier.

So wie es Ihre Freundin macht?

Die isst gar nicht. Die liebt nur. Die kommt gar nicht dazu.

Ach, mein armer Jacques, Sie haben sich sehr verändert.

Maman, Sie machen sich zu viele Sorgen. Student sein ist etwas anderes. Paris ist etwas anderes!

Wem sagen Sie das? Das hätte Ihr Vater auch berücksichtigen sollen! Unbedingt.

In Tours ist er konkurrenzlos. Und Tours ist schön.

Sind Sie noch mit dieser Person befreundet?

Sophie wohnt in der Rue Monsieur-Le-Prince, ziemlich nah.

Der Straßenname ist sehr beziehungsreich.

Sie meinen, sie macht sich an den Kronprinzen.

Jacques, wir haben noch viel mit Ihnen vor. Übrigens, notieren Sie mal folgende Adressen! Dort sollten Sie für mich Karten abwerfen. Ich schicke sie Ihnen zu.

Karten abwerfen! Du lieber Gott! Sie hatten vier verschiedene Visitenkarten. Eine mit dem vollen Namen meines Vaters. Die war nur für ihn, sowie die mit dem Namen meines Vaters und seiner Kanzleiadresse. Für das Ehepaar galt eine dritte, *M. et Mme* ... Und der Name meines Vaters. Und schließlich eine für meine Mutter allein, auf der *Madame* stand, gefolgt vom vollen Namen meines Vaters. Der Vorname meiner Mutter tauchte nicht auf. Sie war verheiratet. Sie war einfach nicht mehr da.

Ich hörte mir alles an, schrieb Adressen auf. Die Glieder füllten sich mit Blei. Nacht kroch in den Körper. Ich verfiel in große Müdigkeit. Wo war das Kästchen mit den Karten? Ach ja, das kam noch.

Plötzlich wusste ich etwas. Sophie würde, wenn überhaupt, von ihrer eigenen Natur verdorben oder veredelt, nicht von dem Milieu, in dem sie arbeitete oder lebte. Ich lächelte. Ich dachte nach.

Im Hintergrund hörte ich meine Mutter immer noch reden. Es war ein längerer Monolog. Mit seinen Eltern ist man lebenslang im Gespräch, auch wenn man nur zuhört. Selbst dann, wenn sie gar nicht mehr da sind.

DREIUNDZWANZIG

Spätsommer. Eine junge Frau, die sich wäscht. Sekundenlang wird ihr Körper schwarz im Gegenlicht des Platzes. Ein Geländer bei offener Tür. Ein Dachzimmer, ein Minibalkon. Ihr Haar, gehalten von einem roten Band. Den beweglichen Scherenschnitt küssen, ins Bett mit ihm stürzen, verloren gehen. Der zärtliche Ernst der Wangenknochen, eine matte Erwartung. Der weiße leichte Hausmantel.

Den feinen Körper, die schwerelose Brust als Wolken auf der Haut fühlen. Eine junge Frau, die sich wäscht. Sophie in einem kurzen Fernseh-Werbespot, solche Gefühle auslösend. Am Ende lässt sie eine grüne, frische Seife aufschäumen. Die Seife entgleitet, springt aus ihrer Hand, schäumt noch mehr auf; durchs ganze Zimmer verfolgt Sophie lachend die Seife, die den Boden nicht berührt, bis der Spot weiß ausblendet.

Ich saß gelähmt beim Patron, der sich wundern musste, dass ich mir Werbespots ansah. Vielleicht auch nicht. Vielleicht war ich ihm nun noch sympathischer. Er hatte Sophie nicht erkannt. Er kraulte den Hund und redete. Man erkennt Leute nicht an Plätzen, an denen man sie nicht vermutet. Und wieso hatte sie mir nichts davon gesagt?

Irgendein Mai. In den Straßen werden kleine Sträuße Maiglöckchen verkauft. Sophie flirrend weiß in einer belebten Straße. Beim *Tabac* nimmt sie ein Los der *Lottérie Nationale*, sie gewinnt augenblicklich und kauft sich unverzüglich einen ganzen Spankorb voller grüner Seifenstücke. Und der Spankorb sprüht

Schaum, ein frischer Vulkan, in dem Sophie mit der ganzen Straße lachend untergeht.

Und dann saß ich tatsächlich noch eine halbe Stunde dort unten in dem dunklen Schlauch, trank einen Wein mit dem Patron, der auf seine Frau und eine der Töchter wartete, die er mir sehr empfahl. Die Sache mit dem Friseur war wohl zu Ende, außer Seufzen blieb da nicht viel. Die andere Tochter hatte mehr mein Alter, aber die lebte in Arles.

Ich erkannte Sophie immer. Als ich sie anderntags danach fragte, sagte sie nur, ich solle ihr nicht nachspionieren, außerdem sei das nichts, sie wolle zum Film, das sei alles nur Pipifax, *c'est trois fois rien*. Dreimal nichts. Ich verzichtete darauf, ihr weitere Fragen zu stellen und nahm mir vor, sie zu betrügen. Schließlich war das Fernsehen eine öffentliche Einrichtung. Ich hielt es nicht mehr aus, wie sie mit mir umsprang.

Mitte Dezember. Vom Hof drang Kälte gegen das Glas. Ich arbeitete wild für die Zwischenprüfung im Februar. Jetzt erst recht. Die Heizung knackte voller Mühe. In der Türfüllung fing sich Licht von meiner Tischlampe. Ich würde mich bei ihr nicht mehr melden. Ich nahm Sandrine mit nach Hause, die im gleichen Kurs saß und mit der Theorie der Lyrik besonders gut zurechtkam. Es wurde spät. Über dem entschlossenen Mund hatte sie eine konsequent weiche Linie. Sie musste lange gedarbt haben, denn sie machte mich ganz leer. Wenn man ihr die Brille abnahm und das Haar vollständig öffnete, war sie besonders hübsch. Ich mochte offenes Haar. Zum Frühstück aß sie nur einen Apfel. Sie lachte zwischen den einzelnen Bissen und wiederholte immer wieder.
Ich mache mir Vorwürfe. Ich bin nicht für kurze Sachen.
Und du weißt schon, dass es kurz ist!
Ach. Ich muss zum Zug.
Welcher Zug?

Die RER nach Pierrefitte.

Du wohnst in Pierrefitte, aha.

Es macht Spaß mit dir, wir können das mal wiederholen.

Finde ich auch.

Rasieren. Das Gesicht ins eiskalte Wasser tauchen. Den Boden unter den Füßen zurückgewinnen. Dieses kleine Triumphgefühl auskosten. Paris war unverändert. Mein Viertel war ja ewig. Ich hörte Sandrines schnelle sorgsame Schritte die Treppe hinab.

Ich trank einen Kaffee. Sah aus dem geöffneten kleinen Fenster. Claude war merkwürdig wach am Telefon. Samstagmorgen. Etwas wärmer.

Bist du schon auf?

Jetzt schon!

Na gut. Du musst ja sowieso arbeiten.

Stimmt.

Gehen wir heute Mittag was essen?

Mal sehen. Ich rufe dich an.

Ich musste mit ihm ausführlich über Sophie reden. Ich fühlte eine Machtlosigkeit ohnegleichen. Und in diesem Schwächeanfall, ausgerechnet, glaubte ich, dass alles, was ich wollte, auch möglich wäre. Wenn es nun doch zu einer dauerhaften Verbindung mit Sophie käme, würden dann unsere Gefühle außergewöhnlichen Belastungen standhalten können? Würden sie Situationen neutralisieren, die an die Grenzen des Erträglichen gingen? Ich träumte jede Nacht von ihrer wunderbar weichen Körper-Landschaft, ihrem Duft, vom Schlaf in ihrem Nacken, von ihrer Respektlosigkeit. Würde mein Wissen um ihre Vergangenheit den Alltag festigen, weil dieses Wissen mich allmächtig machte, oder würde sie sich nichts daraus machen, würde sie es abtun mit einer Handbewegung und lachend die Freuden der Sünde preisen? Würde sie gar die Sünde als Begriff in Abrede stellen?

In den Gängen der *Sorbonne* schien mir seit Montag ein Gesicht zu folgen. Wenn ich mich umsah, war jedoch keins da. War es Sophie, war es irgendein Idealbild? Die blau livrierten Wachmänner gingen auf und ab. Das Gesicht, das mir folgte, hatte die Tendenz, im entscheidenden Moment unterzugehen, wie eine offene Flasche im Wasser.

Vor der *Salle Neuf* einige hundert Leute. Der Lärm war gewaltig. Er zerriss das Gesicht endgültig. Im Hof blieb nur noch ein Schatten davon. Selbst in einem Buchladen war kein Schimmer von ihm nachzuweisen. Im Café vor dem Sélect traf ich Birte, die Dänin. Ihr Französisch war wie ein chaotisches Bild. Sie schaute mich lange und bedeutungsvoll an.

Du kannst mich doch unmöglich nur als Altarbild wollen, sagte sie unerwartet. Ich meine, wenn ich mich schlecht benähme, wie wäre es denn dann?

Sie wusste nichts von Sophie. Aber solche Fragen wurden wohl ernsthaft diskutiert. Vielleicht war ich ja zu sanft.

Birte, sagte ich, seit wann haben wir beiden uns denn in der engeren Wahl?

Ich dich schon.

Na ja, komm, du weißt wie das mit Dichtern ist. Die taugen doch nichts.

Unangreifbare Position, was?

Schreiben kann ich dir nicht erklären, sagte ich.

Schreiben ist in Ordnung, sagte sie, aber ohne Hormonaustausch klappt auch kein Roman, oder?

Solche Gespräche hatte man normalerweise im Mai. Dann kamen die Hormone sozusagen von den Dächern herunter und richteten zwischen den Geschlechtern im Park einiges an. Gott sei Dank kam Lone vorbei, die andere Dänin, die hin und wieder zur *Alliance Française* ging und als *aide familiale*, als Haushaltshilfe, arbeitete. Ihr Mund könnte einen stark beschäftigen. Aber inzwischen waren die beiden Münder der Frauen einer

Sprache verfallen, die kein Mensch begriff. Lone hatte einen kleinen Schwips, der ihr hervorragend stand.

Er ist Schriftsteller, sagte Birte.

Einen Schriftsteller hatte ich noch nie, sagte Lone.

Wirst du auch nicht haben, dachte Birte wahrscheinlich.

Dann sagte sie, verwirrend genug, quasi als letztes Angebot: Jacques, wir beide müssten dich mal richtig aufmöbeln.

VIERUNDZWANZIG

Frauen verstehen, das war, als würde man die Forstwirtschaft exzessiv in die Sahara verlegen wollen. Da konnte man pflanzen was man wollte. Im Sand würden plötzlich Orchideen aufblühen, irgendeine Kaktee, irgendein trockenes Gras aber untergehen. Man hatte nie Recht. Man irrte sich immer wieder. Es schien einem angeboren zu sein. Sicher war nur, was man mit sich allein abmachte. Wenn man morgens eine schwarze Jeans anzog und sich im Spiegel betrachtete, wusste man, dass sie schwarz war. Und dennoch konnte es passieren, dass eine Freundin sagte: So was Braunes steht dir nicht.

Seit meiner Jugend plagte mich ein wiederkehrender Traum. Der mit den zahllosen, grellbunten Gesichtern. Montiert auf einer rotierenden Scheibe, jedes mit noch schreienderer Farbe für sich werbend, begannen sie sich langsam zu drehen, bis sie sich zu einer einzigen Farbe verdichteten. Zu einem faden, altweiße Gesicht. Unzählige Male, in Schweiß gebadet, erwachte ich. Die letzte Nacht, nach langer Zeit, suchte mich dieser Traum wieder heim. Es gelang nicht, Sophie oder eine andere in der Synthese der Gesichter zu erkennen.

Januar. Die nervtötenden Feiertage mit ihren Ritualen von Geben und Erhalten waren vorüber. Sophie hatte sich seit Wochen nicht gemeldet. Der erste Januar.

Gegen Mittag kam ich zurück, um die Zeit bis zur Zwischenprüfung zu nutzen. Damit hatte ich zu Hause ins Schwarze getroffen, nicht aber damit, dass ich am heiligen Neujahrsmorgen abreiste. Ich wünschte mir Ruhe und für meine Gefühle ein absolutes Gehör. Im dunklen Zimmer kroch ich unter die Decke und versank unerwartet in Sophie, die alles, was sie besaß, im Schlaf ausgebreitet hatte.

Ein heißer Neujahrsbeginn. Es wurde nicht viel geredet. Es wurde nach Strich und Faden geliebt. Zukunft wie Vergangenheit spielten unter dem Himmel ihrer Düfte keine Rolle mehr. Sophie. Alles was ich sah, war Sommer. Mir fielen Plakate ein, die in den frostgeäderten Straßen für ihn warben. Meereskulissen, die blauweiß auf Plakatwänden froren, unter denen alte Leute als abgestorbene Bewohner eines Zeitalters umherschlichen, alte Leute mit Gesichtern, als hätten sie das ganze Leben über nur Recht gehabt.

All das war nur eine Blitzaufnahme und bestätigte, dass mein Bett ein eigener Planet war, mit eigenem Klima und einem aufregend Feuchtigkeitskreislauf. Vergessen, dass meine Zärtlichkeit kürzlich noch Schreckenszeiten durchgemacht hatte. Kein kühler Norden existierte mehr.

Vielleicht wurde ich leichtsinnig, fürchtete mich nicht einmal vor einer übersehenen Wahrheit.

Wie bist du nur hier reingekommen?

Ich habe die Polizei bestochen.

Ihr Gesicht stand im Schweiß und schien einer anderen Welt anzugehören. Einem von mir noch nicht erreichten Zeitalter.

Irgendwann einmal bringe ich mich um, sagte Sophie plötzlich leise. Fast zu leise. Ich will jede Erfahrung im Leben machen!

Mir blieb die Spucke weg. Und so sprudelte sie weiter, als seien Pläne, die sie nun ausbreitete, etwas, was sie nach einer solch gravierenden Erfahrung fortsetzen könnte. Ich musste ziemlich dämlich gewirkt haben in meiner Sprachlosigkeit, aber ich war nun einmal sprachlos. Liebe und Tod. So nah hatte ich die noch nie beieinander gesehen. Die Sätze, die Worte, kletterten in mich. Was war es nur, dass sie mich in der tiefsten Hitze, in der abgründigsten Hingabe stets in Einsamkeit stürzte? Zwei Stunden später war sie fort.

Irgendwann im Frühjahr stand sie morgens um acht mit einem schwarz glänzenden, brandneuen Citroën der Luxusklasse gegenüber meinem Wohnhotel, schräg in der oberen, schmalen Rue Royer Collard, die nun durch das Auto – Sophie hatte einen Arm an der Flanke des Wagens – vollständig besetzt war.

Komm, beeil dich, ich will am Mittag in Cherbourg sein.

Die Fahrt hatte sie für die nächsten Tage angekündigt, und ich hatte mir eine Fahrt am Wochenende vorgestellt, nicht aber, dass sie während der Vorlesungen Neuwagen überführte. Und wer wusste schon, ob sie einen Führerschein besaß?

Erst mal Evreux, sagte sie, dann haben wir das Gröbste.

Boulevard Jourdan, Porte Saint-Cloud, die a13, matte Windgeräusche, den Abzweig der n13, die Provinz. Vororte verblassten, Laute verhallten. Massige Kühe, verlassene Häuser dösten. Der Himmel rutschte ins Graphit, wolkig ins Weite.

Den Wagen hat irgendein Amerikaner gekauft, lachte sie, der kommt mit dem Schiff. Wir können da übernachten und morgen mit dem Zug zurückfahren. Essen, Hotel inklusive. Ich lade dich ein. Aber nur, wenn du eine tolle Vorstellung lieferst. Ich meine, wir werden die paar Gäste da in dem Provinzhotel schon schocken. Ich hasse die Provinz. Meine Leute kommen von dort. Aber nicht aus dem Norden. Die Landschaft im Süden, da wo sie sind ist ok, aber sonst! Einfach schrecklich. Nur das Meer ist wie ich. Das lasse ich mir nicht nehmen.

Die Rückfahrt mit dem Zug verlief schweigsam. Es war alles ganz anders gewesen als geplant, aber ein Erlebnis immerhin. Das Meer 14°. Sie musste hinein. Wie schaffte sie das nur? Ich werde mich irgendwann umbringen, sagte sie. Vielleicht sollte ich dann gar nicht mehr lernen! Wozu? Du sollst dich ohne mich denken. Andererseits, ein Freund mit dieser Ausbildung ist was fürs Leben! Ich will einfach alles.

Eisgrau drohte die Stadt. Wind ging entschlossen und schnitt in den Kragen. Die Liebe wurde zu einem höchst unübersichtlichen Terrain. Wir hatten eine fürchterliche Auseinandersetzung über Zusammengehörigkeit und Abhängigkeit. An diesem Tag war ich in wenigen Stunden gekocht und gefroren. Und das gleichzeitig. Diese beiden, weit auseinanderliegenden Universen, die wir waren, zur Fusion zu bringen, schien aussichtslos.

FÜNFUNDZWANZIG

Bevor ich an meine Arbeit gehen konnte, für die Zwischenprüfung im Februar, leistete ich mir in Sachen Liebe eine Bestandsaufnahme.

Wie immer bei solchen Unternehmungen gab es auf der Haben- und Sollseite etwa gleich hohe Punktzahlen, als ließe man es einfach nicht zu, eine Seite abstürzen zu lassen, wenn man noch irgendwo einen Faden bunten Garns erkannte. Ich hatte im Zusammenhang mit Mädchen meinem Gedächtnis meistens misstraut, aber im Falle Sophie war mir, trotz der Fülle der Ereignisse und Empfindungen, fast jedes Detail im Kopf geblieben. Ich musste ihr noch eine Chance geben. Ich sollte mir noch eine Chance geben. Und das hieß, ich wollte uns beiden eine Chance geben. Doch diesmal würde ich mich nicht bei ihr melden, solange es auch dauern würde. Das war ich mir schuldig.

Ich schob die beiden hängenden Gardinenstreifen auseinander. In der dunklen, konischen Tiefe der melancholischen Höfe löste sich das Grau. Das Wetter hellte auf und schien mit den Häusern zu schweben. Vor mir dampfte der Kaffee. Mein Kopf rauchte vor dem Berg Material, das zu bewältigen war. Unfreiwillig dachte ich an Sandrine, die sich mit der Theorie der Lyrik auskannte, eine Kombination, die in meinem Kopf stets Widerspruch auslöste und die ich insgeheim ausschloss. Sandrine. Vielleicht dachte ich dabei auch an Rache. Immerhin kannte sie sich in ein paar anderen Bereichen auch ganz gut aus. Sie wohnte jetzt bei der Métro-Station St. Placide. Ich könnte mal nachhören, wie die Dinge in Sachen Bereitschaft standen und wie sie körperlich diese kalten Zeiten ohne gewisse Wärmeeinheiten durchstand. Nach einem Rundumtelefonat stellte ich fest, dass ich der einzige zu sein schien, der schon zurück war.

Ich vertrödelte den Rest dieses ersten Tages des Jahres, ein Boot, das sich treiben ließ. Manchmal Eiswasser, manchmal laue Wellen. Ich litt plötzlich an Bedürfnissen, über die ich keine Auskunft geben konnte. Ich hatte ein wenig Zeit für alle Richtungen. Als gegen Abend die Irritation am allergrößten wurde, fiel sie auf einmal von mir ab, und ich entschloss mich wild für eine dynamische Studienauffassung. Ich hatte nicht hinausgemusst. Die Vorräte von zu Hause würden zwei Wochen reichen. Gegen 18:00 Uhr, als ich am klarsten denken konnte, rief meine Mutter an und beklagte noch einmal, dass ich an diesem heiligen Tag so früh abgefahren war. Sie kündigte einen Besuch Ende Januar an, und ich war froh Zeit zu haben, mich darauf vorzubereiten. Einmal wollte ich ihr entgegenkommen und bei mir zu Hause etwas kochen. Das würde sie beruhigen, denn sie dachte immer, dass ich wie ein Wohnungs- und Nahrungsloser von dieser Stadt ausgezehrt würde.

Der Himmel war dämlich und dunkel, eine Schultafel der Jahrhundertwende. Das große Fenster wies zum Hof. Das kleine, gerade 50 x 50 cm, lugte rechts über dem Bett zur Straße. Im Sommer ließ man beide offen, lag unter einer frischen Brise. Und so stellte ich mir vor, dass Sophie –wie lange hatte sie eigentlich in meinem Zimmer verbracht – unter einer Brise von Traurigkeit hier gelegen haben musste, weil sie nicht einmal zu Silvester bei irgendjemandem hatte bleiben können.

Ich versuchte sie anzurufen und erfuhr, dass sie mit einem Koffer das Haus verlassen hatte. Während ich in die Rue Monsieur-le-Prince eilte, ersetzte ein Bild von ihr das bereits vorhandene. Ich blätterte die Momente mit ihr durch, als seien es Stapel Fotos in einem alten Schuhkarton. Als ich ankam, zuckte die Concierge die Schultern.

Keine Ahnung, sie ist ganz plötzlich weg, ohne ein Wort. Gehen Sie nur hinauf. Vielleicht liegt da ja ein Zettel.

In ihrem Zimmer herrschte jetzt völliges Durcheinander. Der Schrank stand weit offen, die Schublade des Tisches; in der Dusche lief noch ein wenig dünnes Wasser, und unter dem Spiegel türmten sich bunte Haufen fast leerer Fläschchen und Tuben. Ihre Sachen waren auf dem Boden verstreut, ein Teller mit Brot stand auf dem Tisch, ein Vorhang war geschlossen, der andere weit offen – ein erschrecktes Auge. Auf ihrem Nachttisch lagen ein paar meiner notdürftig gebundenen Gedichte, und an der Wand hatte sie einen neuen Spruch:

Man darf Menschen nicht zeigen, dass man sich etwas aus ihnen macht. Sophie

Plötzlich musste ich heulen und kniete mich hin.

Sophie, sagte ich laut unter Tränen, Sophie, ich werde dich nie mehr allein lassen. Nie. Egal, was kommt, egal, was du tust. Liebe ist nicht abhängig davon, was einer tut oder denkt. Das schwör ich dir. Ich schwör's.

Wie unendlich traurig musste sie gewesen sein zum Jahreswechsel, wie allein. Ich rannte hinunter und fragte die Concierge, ob sie wisse, wo Verwandte lebten. Sie zuckte die Schultern, hoffnungslos.

Mademoiselle Sophie ist verschlossen, obwohl sie doch so offen scheint. Sie spricht nichts Privates! Sie ist eine ... warten Sie mal, hier ist ... ein Brief von irgendwem!

Wann ist sie weg?

Noch keine halbe Stunde!

Der Brief kam aus Melun. Vielleicht wäre sie ja gerührt, wenn ich ihn ihr nachbrächte. Ich merkte mir die Adresse und raste zur Gare de Lyon. Métro bis Châtelet, umsteigen. Alles war grau. Die Gesichter, ovale helle Flecken, ohne markante Stellen. Der rauchige Bahnhof floss nahtlos in die Kälte hinüber. Das Glas trüb, Bühnenteile. Ich sah an jedem Gleis nach. Teilweise standen die Menschen dicht und unfroh wie Mauern, dazwischen gab es Ödland. Eine Jugendgruppe verbreitete mäßige Frische. Vielleicht sollte ich den Brief öffnen, wenn ich zurückkam. Vielleicht käme ich so hinter das Geheimnis Sophie. Ich nahm einen Abendzug nach Melun und erreichte das düstere Haus. Ich erinnerte mich plötzlich. Hier war ich vor langer Zeit schon einmal.

An der Tür stand noch immer A. Langret, wie auf dem Brief. Drinnen saßen zwei ältliche Leute schweigend beim Essen. Ein Mann und eine Frau. Die Frau hager, das Haar streng nach hinten, bronzene Haut. Der Mann etwas korpulent, südfranzösischer Teint und ungeheuer selbstzufrieden, als sei er eine eingezäunte satte Koppel. Die Frau stand auf, holte eine Terrine. Sie schwiegen die ganze Zeit. Ihre Gesichter zeigten keinerlei Regung. Alles was sich tat, bezog sich auf die Mahlzeit. Sie hätten genauso gut allein essen können. Die müde Lampe in der Mitte der Decke schämte sich fast, ihren Kreis zu werfen. Ich ging ums Haus herum und sah nirgendwo ein anderes Licht. Nichts hier passte zu Sophie. Kein Spur von ihr.

Vielleicht bin ich ja auch mal adoptiert worden, hatte sie einmal zu mir gesagt und laut gelacht.

Ein anderes Mal sagte sie: *Ein Typ fragte mich gestern auf der Rue de Clignancourt, warum ich kein Kopftuch trage.*

Ich und ein Kopftuch, sagte ich, Du Schwachkopf, kannst Du nicht klarsehen? Ich bin nicht eine von Euch, die mit dem Hintern hoch zu Gott beten, den Kopf im Mittelalter.

Allah sieht alles ...

Dann sieht er auch, welche Idioten ihm folgen. Selbst wenn ich eine von Euch wäre, trüge ich kein Tuch und schon gar keinen Schleier. Eher trüge ich gar nichts. Nichts, verstehst Du?

Pass auf Du, Du ...

Katholikin, aber nicht praktizierend. Und jetzt hau ab, sonst praktiziere ich an Dir, kenne ein paar schnelle Griffe.

Gegen 23:00 Uhr erreichte ich mein Zimmer wieder, in dem Licht brannte. Ich schüttete den kalten Kaffee aus und sah hinab in die beruhigenden Höfe. Tief unten in der Werkstatt brannte die Lampe an der Werkbank. Der alte Mann arbeitete, als gäbe es keinen Kalender. Die Welt bestand aus einsamen Inseln. Was wäre, wenn Sophie eines Tages stürbe und mir bliebe nur das, woran ich mich erinnern würde? Doch wenn ich sah, welch leblose Bilder diese Welt bevölkerten, dann sagte ich mir, dass das, wenn es denn sein müsste, wohl genügen würde, den Rest meiner Tage zu erhellen. Als ich mich setzte, endlich mit meinen Studien zu beginnen, sah ich, dass Sophie mit Bleistift auch in mein Heft geschrieben hatte:

Man darf Menschen nicht zeigen, dass man sich etwas aus ihnen macht. Sophie

Ein wildes Tierchen war sie, war aus ihren Schatten gekommen und in diese zurückgekehrt. Vielleicht saß sie nun irgendwo in der Nacht und dachte nach, vielleicht schrieb sie oder zeichnete. Ich stellte mir alles vor, nur nicht, dass sie mir drei Wochen später sagen würde, sie habe die Zeit um Silvester bei einem ehemaligen Freund in St. Quen verbracht, um mal wieder zu erfahren, was wahre Leidenschaft sei.

SECHSUNDZWANZIG

Ende Januar – da wusste ich die Sache mit Sophie bereits seit einer Woche – erschien meine Mutter am Samstagmittag mit einem vielversprechenden Gesicht an der Tür meines Zimmers. Als habe sie draußen ein sperriges Paket stehen mit lauter Überraschungen, zog sie, eine Zauberin vor dem Eklat, ihre Augenbrauen hoch, strich sich durch ihr langes, dunkles Haar, das sie jünger machte. Dann zog sie meinen Vater herein, mit dem ich am allerwenigsten gerechnet hatte.

Mit Sophie hatte ich zuletzt nur das Nötigste telefonisch geredet und erwähnt, dass meine Mutter sich angesagt hatte. Im Übrigen wichen wir beide der zentralen Frage aus, ob ein Mensch gleichzeitig mehrere Leute lieben könne. Wenn ich an sie dachte, erlebte ich mein Leben als den Teil einer Geschichte, die eigentlich zu Ende war, aber dennoch nicht enden sollte. Manchmal, wenn wir redeten, hatte ich das Gefühl, wir redeten über Dritte.

Das Foto von Sophie, das ich heimlich im Luxembourg-Park geschossen hatte, eines Nachmittags, als sie mich dorthin bestellte und vor mir da war, zeigte sie seitlich in einer fast ätherischen Weise. Dies Halbprofil holte ich immer dann heraus, wenn ich allein war. Meine Mutter hatte es bereits gesehen, ich konnte es nicht mehr wegstellen.

Das also ist Sophie!

Ja … wir sehen uns selten, wartet, ich lege noch ein Gedeck auf … es war im Sommer und sie hatte … ich habe eine Pizza für jeden und Rotwein …

Sehr weiblich, sagte meine Mutter und stellte das Bild weg.

Ein wenig laut wirkt sie, sagte mein Vater, aber wir kennen sie ja nicht.

Ich war froh, dass er das sagte, denn welches Bild konnte schon mit der Realität Schritt halten. Andererseits, im Falle Sophie, wirkte es eher dezent. Ich hatte mir bei einer Nachbarin Stühle und eine weiße Tischdecke geliehen, hatte alles Übrige ein wenig bühnenmäßig hergerichtet, sodass meine Mutter, die alles sehr trist in Erinnerung hatte, ganz angetan war.

Ich weiß nicht, sagte mein Vater, der Junge lebt hier doch ganz anständig!

Meine Mutter nickte erleichtert.

Du hast mir immer gesagt, es sei unmöglich!

Ja schon, aber du siehst, ich habe ihm Tipps gegeben!

Wir teilten uns zwei riesige schmackhafte Pizzen, die ich bei der Patronin heiß gemacht hatte – regelrechtes Kochen war streng untersagt – dennoch tat es jeder, einen Backofen aber hatte niemand. Und der Rote aus dem Supermarkt war auch nicht so schlecht. Danach servierte ich noch Eis und ein wenig Gebäck zum Kaffee. Die Servietten taten ihr Übriges.

Wir sind am Abend eingeladen, sagte meine Mutter vieldeutig, dein Kartenabwerfen war also gar nicht so unsinnig!

Wir fahren morgen früh aber schon vor acht, fügte mein Vater hinzu, wir können dann nicht noch einmal vorbeikommen.

Das war mir sehr recht, und ich gab mir Mühe, ihnen zu gefallen. Meine Mutter stand auf, sah in den Schrank und schielte nach der Zahnbürste, ob da tatsächlich nur eine einzige stand. Sie wirkte ganz zufrieden. Irgendwann machte sie mein Bett zurecht, wahrscheinlich, um festzustellen, ob sich unter meiner Decke irgendein verführerisches Nachthemd wand.

Es klopfte dezent. Manchmal brachten sie mir einen Brief nach, der spät gekommen war. Blöd, dass sie gerade jetzt störten. Doch wahrscheinlich war es die Tochter, die mit dem Friseur gebrochen hatte.

Sophie....! Um Gottes Willen! Ich flüsterte.

Bonjour Jacques, ich habe dir ein wenig Salat gebracht, du isst ja nicht genug Grünes!

Mir blieb die Spucke weg.

Das ist ... eh, Sophie, Sophie Langret, Sophie ... das sind meine Eltern!

Ganz unverkennbar, sagte sie gepflegt und lächelte derart, dass mein Vater nicht mehr wusste, wohin er schauen sollte.

Sie trug ein schwarzes, dreiviertellanges, relativ enges Wollkleid mit losem Gürtel und, was völlig unbegreiflich war, mit hochgeschlossenem Stehkragen. Sie war dezent und ein wenig blass geschminkt und sah ganz außerordentlich aus. Ich war völlig aus dem Häuschen, wie viele Frauen in ihr steckten, aber auch gleichzeitig wütend, wie sehr sie chargierte und alles verriet, was ich bisher an ihr gekannt hatte. Das Aufmüpfige, das Provozierende fehlte und noch mehr das so eklatant Erotische. Andererseits, was hätten sie gesagt, wenn Sophie in blau und gelb erschienen wäre, mit Beinen, die sich nah und sichtbar am heiligen Berg bewegten, mit diesem betont aufgeworfenen Mund und den kleinen vibrierenden Kugeln im offenen V-Pullover? Sie blieb jedoch nicht lange, alles schien so stimmig und vernünftig, dass mir zeitweilig der Atem stockte. Sie war außerordentlich fürsorglich, ließ aber nie Mütterlichkeit einfließen. Schlau wie sie war, nahm sie meiner Mutter nichts. Schlau wie sie war, gab sie meinem Vater gerade so viel, dass der wohl in den nächsten Tagen immer wieder auf sie zurückkäme.

Ich muss mich jetzt leider verabschieden, sagte sie schon bald sanftmütig, und reichte meinen Eltern die Hand, die ihrerseits ihre Hände schon ausgestreckt hatten. Ich muss noch etwas für die Philosophie tun!

Philosophie, sagte mein Vater, als die Tür sich geschlossen hatte, ganz außerordentlich!

Würde man nicht vermuten, sagte meine Mutter nachdenklich, dass das Sophie ist?!

Ja, sagte ich, sie hat sich enorm entwickelt, sie ist viel reifer geworden.

Und das mit dem Salat, ganz rührend.

Ja wirklich, sagte mein Vater träumerisch, der Salat.

Als sie beide gegangen waren, sackte ich zusammen, ein Schauspieler, der gerade eine Paraderolle gemeistert hatte, ohne zu proben. Ich aß vor Aufregung die Reste und rief Sophie an.

Sophie, du bist völlig übergeschnappt! Was, ... was hast du jetzt an? Ich meine ...

Hautenge Jeans und einen hautengen Rolli.

Und was tust du gerade? Du hast mich vielleicht ...

Ich beschäftige mich mit Philosophie.

Du beschäftigst dich mit Philosophie!

Ja. Mit Philosophie.

Sophie, mein Gott, Philosophie ist die Liebe zur Weisheit.

War ich nicht weise, bin ich es nicht?

Zumindest gehst du aufs Ganze, und das tut ja die Philosophie auch. So in etwa.

Eben. Ja, ja. Und sie ist Sache des ganzen Menschen!

Sophie, du erstaunst mich! Du hast mich ...

Das ist für mich eine Liebeserklärung.

Und du marterst mich auch. Ständig, sagte ich.

Was weiß ich denn von Liebe?

Vielleicht hast du Recht. Wenigstens bist du aufrichtig. Ich ...

Und die Philosophie ist ja nie am Ende!

Nein, Sophie, und die Liebe auch nicht.

Vielleicht ist das ja alles eins!

Ja vielleicht! Aber die körperliche Liebe macht oft blind.

Mein lieber Jacques, macht die geistige Liebe immer sehend?

Sie lachte ganz maßlos, legte mit einem Kuss auf. Im gleichen Augenblick wollte ich zu ihr rennen und die Nacht dort bleiben, besann mich aber. Ich lachte leise in mich hinein, doch wie immer, wenn ich sie zurückließ, kam ich mir unendlich einsam vor.

Gleich darauf identifizierte ich den tanzenden Papierschnitzel auf der Rue Royer-Collard mit Sophie, die dieser Welt machtlos ausgesetzt war. Ich hatte mir noch Wasser beim Vietnamesen geholt. Liebe muss aufs Ganze gehen, wie die Philosophie, sagte ich mir, und mit diesem Gedanken schlief ich am Abend ein. Nachts wurde ich wach, war untröstlich, dass die Liebe nie ans Ende gelangen würde wie die Philosophie. Denn das hieß vielleicht, dass hinter Sophie noch eine andere lauerte.

Mon dieu, war ich froh gewesen, dass sie nicht in einer Millefleurs-Bluse mit knielangem Rock erschienen war.

SIEBENUNDZWANZIG

Sophies Zehen, so klein, regelmäßige Silberzwiebeln, manchmal gebräunt wie provençalische Babykartoffeln. Mit hell leuchtenden Halbmonden auf den nachtblassen oder sommerlich nachmittagsbraunen, glatten Perlmuttschalen, die manche einfach und leichtsinnig Fußnägel nannten. Die Beine ...

Ihr Leib, weiß unter dem Mond eines geschlossenen Parks, venezianisch rot unter einer Seinebrücke, von letzter Sonne gestreift. Der Nabel, ein Strudel, an dessen Grund ein scheinbar winziges Geschlecht hockt; ihr kleines gewölbtes Paradies, ein Solitär, umgeben von Oasen schwarz lackierter winziger Palmen, ihr Po, heißkühle Sanddünen einer Insel, die Niederung am Ende der Backen, die Veloursschlucht dazwischen, ihr Nacken, aus dem eine schwarze Flut hervorstürzt, bienenwachsfarbenen Brüste, zwei kleine Dome; auf ihren Schultern – ein ganzer Märchenkontinent, die Kuhlen am Hals – Orte der Rast, und endlich ihr Gesicht, diese Komposition aller Stile, in der dennoch kein Bruch war; kleine, fast geschmiedete Nasenflügel, die Augen, treibende Inseln der Sehnsucht – der Unerbittlichkeit – schwarz bis türkis, die Wimpern weich und lang. Die Ohren, mit einem Fleischtropfen am Ende, der zwischen den Lippen den besten Geschmack entfaltete. Die Stirn, wolkenlos, Bug gegen die Welt, und unterm Haaransatz ein Goldrand feinster Härchen. Und die Lippen, mein Gott, die untere stark, eine Häufung dunkler Beerenbeete, mit kleinsten Prielen durchzogen, die obere schmaler, in der Mitte als selbstbewusster Schriftzug angehoben, ein einziger Wurf, der Leben einhauchte, sogar den Tod beschließen konnte. Nach Sophie sollte es eine andere geben?

Ich wurde wach, nachdem ich mich lange gewehrt hatte, ich fand mich nicht zurecht, hatte meine Vorlesung verpasst.

Mitte Februar. Na wenn schon, die Prüfung lag hinter mir, es war einigermaßen gelaufen, wer würde diesen Traum ersetzen können und das Unglaublichste war, der Traum war gar kein Traum. Sophie existierte. Ich schwor Sandrine ab und allen anderen Frauen, die noch hätten kommen können, selbst unserem attraktiven Hausmädchen in Tours, das mich bei Besuchen manchmal zu einer schnellen atemlosen Begegnung herangezogen hatte, oben in ihrem Dienstbotenzimmer, wo auch ich, nicht weit von ihr, ein ausgebautes Dachrefugium hatte.

Meine Mutter hätte am liebsten einer fiktiven Gesellschaftsschicht angehört, die man noch immer *Le Faubourg Saint Germain* nannte, zumindest aber der *Bonne Société Parisienne*. Le *gratin,* die feinste oberste Schicht einer Speise, die der Gesellschaft den Begriff *gratin* beschert hatte, über den nichts mehr ging, das wäre etwas gewesen, aber es war nicht. Sie lebte in Tours und gab dort den Ton mit an. Das war ihr größter Kummer und ihr Glück. Ich war da nüchterner, wir gehörten auch dort nicht zum *grand genre* aber zum *bon genre,* wenn es solche Unterscheidungen überhaupt gab. Mir war es ziemlich egal, denn wie man sah, zeigte mir Sophie, die vielleicht *petit genre* war, oder, wer weiß, sogar *mauvais genre,* dass es schließlich egal war, mit wem man aufwuchs. Was in einem ist, das zählt.

Der Heiratsmarkt-Zirkus um meine Schwester war in vollem Gange. Ich hielt mich da heraus. Ich lebte inzwischen auf einem anderen Stern. Mein Vater konnte nicht verbergen, dass ihn all das ziemlich nervte. Ihm kam es nur darauf an, seine Anwaltskanzlei, die seit Generationen in der Familie weitergegeben worden war, nicht irgendwann aufgeben zu müssen. Meine Schwester Catherine würde also, daran hatte ich keinen Zweifel, einen fähigen Anwalt heiraten. Sollte sie doch. Es gab ja genug.

Wir wohnten in einem schönen, alten Haus, aber es war nicht wie meine Mutter immer gern behauptete, ein *Hôtel Particulier,* ein besonderes Haus. Es war ein Haus mit Würde, doch kein überkommenes Gebäude, in dem früher die Aristokratie zu Hause gewesen war, oder etwa einer der Könige genächtigt hatte. Obwohl, es hatte in unserer Familie Adel gegeben. Aber das war ewig her. Es gab genügend Leute, die ihre Namen verändert hatten, worüber sich meine Eltern aufregten und amüsierten. Die Kategorie Durand, die nunmehr *du Rand* hieß, machte ihnen am meisten zu schaffen. Über Leute, die sich immer mehr nach oben verändert hatten, indem sie an ihren Namen und an ihrer Herkunft manipulierten, sagte mein Vater: Die haben ihr Wappen auch zu oft vergoldet, *(dorer le blazon).*

In Familien wie meiner war die Moral unantastbar. Am liebsten hatte es meine Mutter, wenn man sagte: *C'est une grande famille,* doch man sagte meistens, *une famille connue,* eine bekannte Familie, was auch nicht schlecht oder im Grunde sogar das Gleiche war. Wie ist es möglich, sagte meine Mutter, dass es in einem Land, in dem man auf alte Familien so viel Wert legt, so leicht ist, sich straflos eine neue Identität herzustellen?!

Neureiche wurden allgemein als die *B.O.F., Beurre, Oeufs, Fromage,* (Butter, Eier, Käse) bezeichnet, und gaben allerlei Anlass zu ironischen Bemerkungen. Ich war überrascht gewesen, wie positiv meine Eltern auf den kurzen Besuch Sophies reagiert hatten, war aber sicher, dass es in Tours anders gewesen wäre. In Paris erwartete man eben auch ganz andere Dimensionen, man war bereit zu Zugeständnissen, und wenn man bedachte, dass meine Eltern mit einer völlig anderen Frau gerechnet hatten, dann konnte man ihnen ihre vorsichtige Zustimmung auch schon abkaufen.

Ich liebte eine zierliche, spektakulär selbstbewusste, freche, aufmüpfige, hemmungslos erotische, junge Frau von vager Herkunft, die nichts von jener noblen Blässe hatte, die meine Eltern bevorzugten. Ein verbotener Traum. Ihre Zehen, klein und regelmäßig ...

Ich war auf dem Weg zu Sophie. Vielleicht würde sie mich ja heilen von meinem momentanen Studienfrust. An der Ampel stand ein mittelaltes Paar. Der Mann sah aus, als wünsche er sich für seine nächste Frau einen günstigeren Leasingvertrag.

ACHTUNDZWANZIG

Von meinen Träumen wurde ich neuerdings immer öfter wach. Ich sah Sophie kaum noch. Sie erklärte nichts. Vielleicht träumte ich deshalb mehr als früher. Die Geräusche des Hauses glichen Kaffeehausgemurmel. Die Schatten schwatzten. Halbwach, am Fenster, sah ich Gesichter in den Bäumen des Hofes, hörte Geräuschen nach, die nun andere zu überdecken begannen. Dabei vergaß ich, über Möglichkeiten nachzudenken, mit Sophie eine gemeinsame Richtung zu finden.

Mitte März beorderte sie mich, vier Stunden vor der Abreise, zur Gare de Lyon. Obwohl ich von nichts wusste, ging ich hin, weil ich glaubte, im Notfall immer noch abspringen zu können.

Du brauchst nichts, sagte sie, nur deine Zahnbürste und einmal Unterwäsche zum Wechseln.

Es war ungewöhnlich warm. Ich trug Jeans, Jeanshemd und mein blaues Baumwollsakko. Sie sah pariserisch aus, gepflegt zurecht gemacht, Nägel und Fußnägel in dieser verrückten eleganten Farbe rouge-noir lackiert, die sie mit Sicherheit selbst nachgemischt hatte. Ich zuckte von weitem die Schultern und wusste doch, ich würde mit ihr fahren. Sie zuckte ebenfalls die Schultern, noch bevor wir uns hören konnten, und so sah es aus, als wüssten wir beide nicht, wohin es ging. Im Abteil floss ihr langer, bedruckter Rock zwischen ihren Beinen und malte bei Bewegung gewisse Stellen sauber ab. Sie musste das ganz bewusst tun, denn wieso sollte es sonst so gut gelingen? In einem winzigen Ort an der Seine stiegen wir aus. Das Nest hieß Fontaine-le-Port.

Wir überquerten die Brücke und steuerten geradewegs auf ein kleines Hotel zu: *Hôtel de l'Ermitage*. Ausgerechnet: Sophie und eine Einsiedelei!

Das Licht brannte warm an der Rezeption. Man empfing uns freundlich. Ich stellte den Koffer ab und sah mich um. Alles ein wenig plüschig. Pariser Kleingeschäftsleute sollten hier das Wochenende verbringen. Wir kamen im Zimmer an und ich nahm Sophie in den Arm.

Was ist eigentlich los?

Ich hatte Lust auf Essen und Liebe.

Und deshalb müssen wir hierher fahren? Wer soll denn das bezahlen?

Das ist nichts für bedürftige Studenten, dafür hat man eine Geliebte!

Du bist ... meine Geliebte? Endlich?

Nur dieses Wochenende!

Sophie ... ernsthaft, wie soll es mit uns ... wieso nur ...

Sie legte ihre Hand auf meinen Mund und lehnte sich hinaus.

Sieh mal, eine Brücke, ein paar Häuser, die Seine, ein Kahn, ein Hund in der Sonne, ein Kellner mit Angel. Irgendwie paradiesisch. Findest du nicht?

Sie zog mich sehr langsam aus. Sie genoss jeden Knopf. Sie arbeitete sich vor, schob mich ins Bett. Sie hing das entsprechende Schild an die Tür, entkleidete sich bei offenem Fenster, in dem vom Bett aus nur Himmel und ein Stück Brücke zu sehen waren. Sie wand sich, sie posierte, sie spielte jede Melodie ab, die man sich vorstellen konnte.

Nach zwei Stunden Liebe und Keuchen schleppten wir uns in die Dusche, und ich dachte mit Schrecken ans Kofferauspacken. Das hatte ich auf Reisen mit meinen Eltern schon immer gehasst. Die Dusche war eng und nachträglich eingebaut, aber Sophie schien entschlossen, alles gemeinsam zu machen. Auf der Terrasse hörten wir Stimmen, es roch nach Kaffee. Sie frottierte ihr Haar windschnell und ich hievte den Koffer aufs Bett.

Lass das, sagte sie, da ist nichts drin!

Wie, nichts drin? Der wiegt ganz schön.

Alte Akten, ich hab' ihn in einem Geschäft geklaut und dort gleich ein paar Ordner hineingestopft. Die haben da jetzt Probleme. Ich hatte sonst nichts.

Du hast ihn ... und dann hast du ...

Mein lieber Jacques, ohne Gepäck bist du in einem Hotel suspekt. Und wenn du das Hotel verlässt und einen Koffer im Zimmer hast, dann erwartet man, dass du zurückkommst. Wir wollen aber gar nicht zurückkommen. Morgen Nachmittag, nach dem wir alles genossen haben, fahren wir ab.

Wir fahren einfach ab?

Nicht einfach, wir machen einen Spaziergang, steigen in den Zug, und das war's.

Mein Gott, Sophie, irgendwie aufregend, aber wenn ... wenn meine Familie, also wenn irgendwer ...

Wer kennt dich hier schon, und wer kennt mich? Obwohl, ich bin aus Melun und das ist nicht weit. Aber ich habe keine Leute von da gesehen, die ich kenne. Und wenn. Ich will niemanden aus Melun kennen.

Wir nahmen auf der sonnigen Terrasse Platz, bestellten Kaffee und Kuchen. Von dort waren es nur wenige Schritte bis zur Seine, auf der gerade zwei kleine Schlepper müde die grüne Flut teilten. Kinder spielten mit dem Hund. Ein kleines Mädchen ging die paar Stufen hinab und hielt, gehockt, die Hände ins Wasser.

Ganz schön bürgerlich, was, sagte Sophie, guck mal den da, mit den drei Himbeertörtchen! Ein paar Leute waren übergewichtig und schlugen nach dem Mittagsschlaf schon wieder zu. Händler, die in Paris verdientes Geld hier ins Nichtstun steckten. Einige kannten die Wirtsleute und hoben sich durch Arm- oder Schultertatscherei hervor. Der Gipfel, diejenigen, die den Wirt duzen durften. Sophie hatte alles genau geplant, sogar den Wetterbericht studiert und das ungewöhnliche Hoch ausgenutzt. Wir schlenderten über die Brücke, den kleinen Ort besichtigen, die *Mairie*, das Bürgermeisteramt, mit der Flagge davor. Auf grünen Hängen, oberhalb, gab es ein paar kleine Sommerhäuser. Man stierte Sophie nach.

Am Abend kam sie ganz in Schwarz. Ihre Brust sichtbar unter einem feinen netzartigen Einsatz, und einigen Leuten klemmte daraufhin der Kiefer. Ich kannte das kurze Kleid nicht, das einem wahrhaft die Hölle versprach und schluckte gewaltig, denn ich war sicher, Sophie wollte nach dem Essen und einigen Cocktails früh zu Bett. Ich war noch vom Mittag geschafft. In diese Idylle hinein wagte ich die Frage nach der Notwendigkeit ihrer Tätigkeit in der Rue Saint-Denis. Bürgerliche Plätze, wie dieses verträumte Hotel, verführen einen einfach dazu, zu glauben, man könne etwas zur Sprache bringen, was man sich sonst zu fragen nicht traut. Möglicherweise glaubt man auch, dass der Partner in seinen Ansichten eine Kehrtwendung gemacht hat.

Sophie sah mich schweigend an. Ihr Kopf lag entspannt in ihrer linken Hand. Auf was wartete sie? Ich wurde langsam unruhig und schlug deshalb einen Spaziergang vor.
Es gibt keinen Spaziergang, sagte sie. Ich reise ab.
Du reist ab?
Sie stand auf, ging aufs Zimmer hoch. Ich rannte ihr nach und sorgte so sicher unter den Gästen für Gesprächsstoff.

Was ist los, Sophie? Darf ich Fragen, die mich bewegen, nicht mehr stellen? Bist du Gottvater? Was fällt dir ein ...

Achtlos, im Vorbeigehen, griff sie mir in den Schritt, holte so die ganze schmerzliche Lust vom Mittag noch einmal hoch.

Du hast etwas Grundsätzliches nicht begriffen, sagte sie.

Danach verließ sie das Zimmer. Ich sah sie über die Brücke eilen, bis ihr Kopf hinter dem Geländer verschwand. Ich nahm den Koffer, bezahlte achselzuckend das Zimmer, traute mich nicht, das durchzuführen, was Sophie geplant hatte. Der Wirt zeigte Verständnis für die frühe Abreise und beschwichtigte.

Les femmes, sagte er, ja, ja, die Frauen, zuckte ebenfalls die Achseln und schaute nach hinten.

So kam es, dass wir aus einem gemeinsamen Wochenende getrennt wieder zurückfuhren. Wir warteten auf den gleichen Zug, auf zwei hoffnungslos maroden Bänken, dreißig Meter voneinander entfernt. Keine richtigen Bahnsteige. Wir sahen geradeaus, hatten uns nichts mehr zu sagen.

Montags brachte ich den Koffer mit den Akten zurück. Die Anschrift des Geschäftes stand auf jedem Schreiben. Ich hatte ihn angeblich gefunden. Die Ordner enthielten alle laufenden Reklamationen der betreffenden Firma. Man war dort hoch erfreut und drückte mir einen ganz schönen Finderlohn in die Hand, mit dem ich zwei satte Wochenenden hätte bestreiten können. Doch mit wem?

NEUNUNDZWANZIG

Nur du konntest den Mond aufhalten, schrieb ich ihr und erhielt keine Antwort. Irgendwo las ich die Zeile: *Stranglers in Paradise*, Würger im Paradies, aber es fiel mir erst zwei Straßen weiter auf, dass es Strangers heißen musste. Doch war es nicht genauso schlimm? Ich strich um ihr Haus. Weiß, blau ausgelegt, würde ihr Zimmer hinter dem beigen Nesselvorhang träumen, das Regal im Türrahmen, das flache Bett, der Tisch am Fenster, das riesige Waschbecken, in dem sie ungeniert alles an sich wusch.

Ich schreibe Gedichte für dich, hatte ich gesagt.

Wenn's dir hilft! Ich will's nicht lesen, man erkennt sich meistens in sowas nicht wieder.

Schade.

Gut, du kannst mir das Zeug vorlesen, aber nicht morgen.

Ich kam zum *Odéon* hinunter, schwänzte die Vorlesungen dieses Vormittags und tat nichts mehr für mein Studium. Mitte April. Ich traute mich nicht, einfach zu klingeln, die Concierge – sie musste eine der letzten ihrer Art sein – nach ihr zu fragen.

In Sophies weißblauem Zimmer – ich hatte einen Schlüssel - ging das Licht seltsame Umwege. Sie sollte hereinkommen, überrascht sein, wir sollten uns in die Arme fallen und schwören, nie mehr auseinander zu gehen. Auch sollte sie etwas Ähnliches wie ich über den Mond sagen oder meinetwegen die Sonne – und dabei bleiben.

Ich hatte sie vier Wochen nicht gesehen. Ich fühlte mich ausgewrungen, als sei ich in einem erzwungenen Hungerstreik, Durststreik, Liebesstreik, und langsam würde ich von nie mehr zu heilenden Wunden übersät sein, die jeden Mangel minutiös anzeigten. Ich dachte an den Spruch an ihrer Wand:

Man darf Menschen nicht zeigen, dass man sich etwas aus ihnen macht. Sophie

Plötzlich musste ich heulen und setzte mich auf den Bordstein gegenüber ihrem Haus. Sophie, sagte ich nach innen unter Tränen, Sophie, ich werde dich nie mehr allein lassen. Egal was noch kommt, egal was du tust. Das schwör ich dir. Aber damit ich dich nicht allein lassen kann, musst du da sein. Ich meine, du bist ja immer in mir, was rede ich, aber du musst hier sein, in deinem Zimmer und mich hinaufbitten.

Ich hatte die Kreuzwegstationen nicht gezählt, und es war ganz albern, an so etwas zu denken. Aber zehn waren es mindestens schon gewesen.

Anfang Juni heiratete meine Schwester Catherine ihren Rechtsanwalt. Ich fand ihn ganz in Ordnung, aber ich kam schwer klar damit, dass er ab jetzt ihr Leben bestimmen sollte, der doch nichts von ihr wusste. Nichts als das, was sie ihm von sich, ihrer Familie und ihren Lebensumständen erzählt hatte. Alles war vermutlich durch zig Filter gegangen und so wäre das Bild, das er von ihr hätte und umgekehrt, nichts als ein Film, eine Kulisse, etwas, was man nun mit der Realität vereinbaren müsste.

Meine Schwester heiratete in einer schönen Kirche außerhalb Tours. Natürlich hätte meine Mutter lieber die *Madeleine* gehabt oder *St-Honoré-d'Eylau* im vornehmen 16. Pariser Bezirk, aber da hatte mein Vater ein Machtwort gesprochen.

Endlich einmal solle Schluss sein mit diesem Theater. Sie seien eine alte, angesehene Familie aus Tours und da würde auch geheiratet.

Es gab auch so noch genug Bohei um meine Schwester Catherine, beispielsweise mit ihrem *Service d'Honneur*. Es gab einen affektierten Vierjährigen, der das Messbuch trug und daher Garçon *d'Honneur* genannt wurde, und es gab natürlich die *Demoiselles d'Honneur*, naiv gackernde Freundinnen meiner Schwester, deren Kleidung bis ins Kleinste auf die Braut abgestimmt werden musste und die ihrerseits nichts anderes mehr als Hochzeiten im Kopf hatten. Alles, was sie im Leben täten, wäre ab jetzt darauf ausgerichtet, den Mann zu finden, den sie sich in ihren Vorstellungen bereits zurechtgebacken hatten.

Leute, die zum anschließenden Lunch eingeladen waren und nicht nur zur Trauung, brachten Geschenke mit, die man vor der Zeremonie überreichen musste, sonst hatten sie nur den halben Wert, wie meine Mutter sagte. Wer sollte das verstehen? Sie war im Übrigen völlig aufgelöst und behauptete, sie sei die Ruhe selbst. Manche, die nicht an der Messe teilnehmen wollten oder sollten, kamen nur zum Händeschütteln. Hüte waren unerlässlich. Der Kreis, der sich zum Lunch in einem großen Hotel einfand, war naturgemäß kleiner als der, der auch an der Trauung teilnahm. Wieder Händeschütteln.

Als meine Schwester schließlich mit Valéry abfuhr, schien es mir, als habe sie bisher in meiner Familie nur geparkt, so verändert war sie. Sie sprach anders, lächelte anders, als sei sie einem Verein beigetreten, der dies Verhalten von ihr verlangte.

Ich kam nach zwei Tagen zurück in ein Zimmer, das ich nie bewohnt zu haben schien. Alles und jedes hatte einen anderen Platz. Bilder, die ich nicht kannte, hingen an der Wand, es gab eine Tischdecke, und die Deckenbirne war mit einem roten Schirm dekoriert. Man konnte nicht sagen, dass alles sehr harmonisch war, denn die Dinge waren von irgendwoher zusammengesucht. Es gab anderes Geschirr, ein Bord mit Gläsern und Parfümfläschchen. Vor der Koffernische gab es einen blauen Vorhang und mitten auf dem Tisch eine grüne Flasche mit einer Blume drin. Eigentlich sollte dort meine Schreibmaschine stehen. Der Gaskocher stand nun neben dem Waschbecken auf einem hohen rechteckigen Hocker. Ich hatte Mühe, mich zurechtzufinden, war zwischen heiß und kalt hin- und hergerissen.

Ich rannte in die Rue Monsieur-le-Prince und die Concierge erklärte, Sophie sei ausgezogen, sie selbst reinige gerade das Zimmer und das wäre es dann wohl. Wohin sie denn gezogen sei?

Na, zu Ihnen doch wohl!

Ach ja, natürlich. Es ist noch alles so neu.

Oben bei ihr angekommen, sah Sophie einen anderen Weg.

Ich denke du bist ausgezogen.

Ich hatte etwas vergessen.

Automatisch begann ich, ihr helfen zu wollen und irgendwann ergab es sich, dass ich mich auf sie stürzte und sie zu lieben versuchte, weil ich alles nicht mehr aushielt. Sie schien zu lächeln, sie schwitzte, sie strampelte und sie stöhnte, aber dann warf sie mich entrüstet zur Seite und sagte: Es ist nicht schicklich vor der Concierge. Wir sollten sowas nur zu Hause machen.

Und wo ist zu Hause?

Hast du das nicht bemerkt?

Und was hat der Patron gesagt?

Der fand, das täte dir gut.

Ja, und wo soll ich lernen?

Mein lieber Jacques, ich werde für dich sorgen, es wird dir an nichts fehlen und nachmittags, wenn du arbeiten musst, bin ich weg. Shopping oder so. Ein Job hier und da.

Du bist weg, du meinst ...

Ich meine einfach nur, ich bin weg.

Ich wollte noch schnell etwas über die Bilder sagen, die mich nervös machten und so nicht hängen bleiben konnten. Andererseits wäre jede Chance für Sophie vertan, wenn ich ihre Initiative bereits zu Anfang abwürgte. Wenn ich meine Einwände mit ihr bespräche, könnte sich ihr Geschmack entwickeln, und wir würden nach und nach ein paar Kunstdrucke anbringen, die uns beiden gefielen. Sicher würde ich mit ihr in Ausstellungen gehen. Museen fand sie langweilig, das ist ja ein Friedhof, hatte sie mal gesagt und gemeint, beim Malen zusehen, das wäre etwas. Ich wartete die richtige Ausstellung ab.

Jedes zweite Wort meiner Mutter auf der Hochzeit meiner Schwester war *Tout-Paris* gewesen. *Tout-Paris* macht dies und *Tout-Paris* macht das. Das nervte mich total. Als ich sie provokant fragte, wer das denn eigentlich sei, konnte sie es auf keine noch so einfache oder umständliche Art erklären. Meine beiden kleineren Brüder fanden das ganze Theater ziemlich ätzend, sie verdrückten sich mit zwei Cousinen.

Später fand man die vier besoffen in einem der Dienstbotenzimmer. *Chambres de Bonne.*

Im Gegenteil, rief meine Mutter ihrer Schwester zu. Hier oben ist gar nichts gut! Gar nichts!

Es wurde getanzt und gelacht, und man beroch die Mitglieder der anderen Familie, deren Duft mir etwas säuerlich vorkam.

Zu Premieren bringt man niemals Nelken, hörte ich meine Mutter rufen. In Paris auf keinen Fall. Rosen ja, nichts als Rosen. Nelken bringen Unglück. Nein, meine Gute, Champagner, doch niemals mit Käse. Und Fisch nur mit Weißwein, aber das weiß nun jedes Kind.

Wenn meine Mutter zum Essen ausgehen wollte, und das kam ziemlich häufig vor, sagte sie: Gehen wir doch *'dans mon petit bistro merveilleux'*, in mein kleines, wunderbares Bistro, das jedoch keineswegs ein kleines Bistro war, sondern ein äußerst elegantes Restaurant, das sich kokett Bistro nannte.

Es lag ein wenig außerhalb der Stadt, ein Haus, in dem mein Vater stirnrunzelnd jedes Mal kleine Vermögen lassen musste. Dort gab es extra Speisekarten für Damen, ohne Preisangaben, die meine Mutter auswendig kannte und dennoch stundenlang studierte. Ich begann mich langsam zu fragen, ob die Verquickung von Familien tatsächlich eine erstrebenswerte Lösung für das Leben darstellte.

DREISSIG

Die Rue Fossés Saint-Jacques hinaufgehen. Anfang Oktober. Oder immer. Rue de l'Estrapade, das kleine versteckte Haus, Sophie! Dein Gesicht, das immer einen heiteren Tod bewahrt. Das Kamerateam. Die Leute der Agentur. Lachen, eine Verständigung. Sophie in der am Boden geführten Kamera. Schwarz gegen den Himmel der schmalen Rue Lhomond.

Ihr Gesicht zwischen unendlicher Nähe und doch so, als sei es für immer ausgewandert. Sah sie mich überhaupt? Wusste sie wer ich war? Und dann danach: Hand in Hand, lachen, stumm sein, Herbst. Den Duft des verborgenen ersten Schnees wahrnehmen. An solche Bilder würde ich mich immer erinnern.

Warten, kein Licht machen im Treppenhaus. Das dichte Blau unter uns lassen. Die ausgemergelten Stufen. Fünfter Stock. Dem Universum Wohnung nachgeben. Auf dem Tisch das rote Heft aus der *Papeterie Scolaire (Série Supérieure) aufschlagen*. Die rauen Tuschebuchstaben des Titels abtasten. Schreiben, Sophie. Ein Buch für dich. Die Hand betrachten. Die Vibrationen des Hauses aufnehmen, aufstehen, das Fenster öffnen. Das Licht ausschalten. Mit dir in der Kühle stehen, in einem Bühnennebel, der grün ist mit Gerüchen des benachbarten Boulevards.
    Wenn du je tot wärest Sophie, wäre ich leer.
    Ein leerer See, oder sowas?
    Hast du je die Trostlosigkeit eines leeren Sees gesehen?

Viel später. Die Oktobertrübe hatte illuminierte Käfige auf die Gehsteige gelockt. Figuren agierten darin, an kleinen Tischen, in stummen Theatern. Ich musste mir nur vorstellen, dass sie ohne dich existierten, Sophie, dass du sie nicht sehen könntest. Kinoreklamen suchten sich auszustechen. An den Straßenecken verkaufte man hauchdünne Pfannkuchen (*Crêpe Grand Marnier* als höchsten Genuss), die heiß in kleine, weiße Tüten gesteckt wurden. Und Berliner, deren fette Haut ledern zwischen den Zähnen schmeckte. Der Mann mit den kleinen Händen nähme sie vom Warmhalteblech, rollte sie in einem riesigen blauen Zuckereimer, reichte sie dem Käufer und zählte das Geld in den Kasten unter dem Tisch. Der Zucker wäre grau geworden vom Fett. Und du sähest das alles nicht mehr. Unvorstellbar.

Durch dichten Verkehr, durch die Schnelligkeit roter Lichter, spürte ich die Frische schwachen Regens. Der Tag dunkelte aufs brausende Pflaster nieder. Irgendwo wollte ich deine Hände vermuten, dein Gesicht ausgraben, der Lineatur deines Halses nachgehen. Ich würde mich immer erinnern. Immer. Wärest du etwa in einem fremden Haus unsichtbar geworden? Deine klare, erzählende Stirn? Und ich hätte den Vorgang des Entfernens nicht erlebt. Und ich sähe dich nie mehr.

Frühjahr. Um 11:00 Uhr traf ich Claude. Keine Vorlesungen. Wir schlenderten durch das Kaufhaus *Samaritaine*. Er hatte einen amerikanisch-jüdischen Freund, durch den er Sarah kennengelernt hatte. Sie waren sofort Feuer und Flamme füreinander. Sein Freund Ed hatte Humor. Sarah hatte mit Claudes Humor in Bezug auf Eds jüdische Witze über sich selbst, wenig im Sinn und ihm den Beischlaf verweigert. Deshalb war Claude jetzt völlig frustriert. Eigentlich hatte er sich nur an Eds Humor angehängt. Aber das war deren Sache. Ich, der ich tief in der Traufe hing, konnte ein paar ewige Ungereimtheiten der Liebe beisteuern und ein paar besondere, die ausschließlich Sophie betrafen.

Claude bekam schnell Kontakt mit einer spektakulären Verkäuferin aus der Parfümerieabteilung. Während sie verzweifelt ihrer Chefin über Tische hinweg signalisierte, dass sie keineswegs nur flirte, der Kunde sich im Gegenteil ernsthaft für etwas interessiere, wirkte Claude völlig entspannt und richtete sich auf längeres Bleiben ein. Schließlich gingen wir. Was ich von ihr hielte. Ich fände sie nicht so berühmt. Bei Lafayette gäbe es hübschere. Gut, aber Lafayette sei zu weit. Außerdem habe sie Vorzüge. Welcher Art die denn wären. Das wisse er noch nicht.

Im Basement kauften wir Brot und Käse, verzehrten alles in einer der Nischen auf dem *Pont Neuf*. Dabei führten wir uns auf wie Pennäler. *Pont Neuf*, die älteste Brücke von Paris, obwohl sie *Neue Brücke* heißt. Um zwei gingen wir zu Georges zum Essen. Die Enge dort ging mir auf die Nerven. Ich konnte Ärschereiben im Augenblick gar nicht vertragen. Beim Kaffee wollte Georges wissen, wie es denn mit dem Intimleben stände. Ausgerechnet. Ed kam herein und bekam die Frage mit.

Weißt du, die jüdischen Mammas von Chicago schicken mir immer ihre Töchter zu guten Händen. Die trauen mir einfach nichts zu, he.

Wir nannten Georges eine Menge Namen, die er noch nie von uns gehört hatte, schnitten gewaltig auf. Ihm blieb ein wenig die Spucke weg, über unsere angeblichen Erfolge. Georges war ein geschwätziger Baum im Wind.

Heiratet bloß nicht; meinte er schließlich, und zeigte mit dem Daumen nach hinten aufs Buffet, wo Arlette ganz grundlos ein Chromgerät wienerte.

Wir kamen in einen Lebensmittelladen am unteren Boulevard Raspail. Die Vorlesungsräume waren ganz nah.

What is that bloody grapefruit in french, fragte Ed.

Wir grinsten und ließen ihn zappeln.

It's not bloody at all, sagte eine herrliche Zwanzigjährige vor uns, drehte sich um, eine wahre Erscheinung, it's yellow as you can see and we call it – sie machte eine himmlische Pause und formte den Mund unnachahmlich – *pamplemousse.*

Das war's. Sie ging. Die beiden waren noch nicht dran und ich verdrückte mich, folgte ihr bis zur Rue Vavin. Es musste an der Gegend liegen. Ich sah ihr Lächeln von der Seite, während sie weiter geradeaus ging, sah den Tag sich in ihr spiegeln und sie sich im Tag. Gegenüber dem Eingang, in dem sie vor Minuten verschwunden war, setzte ich mich auf den Bordstein und wartete zwei volle Stunden, bis sie wiederkam.

You can write me a letter, if you want, sagte sie, gab mir eine Karte und verschwand, ohne sich umzusehen.

Sie hielt mich allen Ernstes für einen Amerikaner.

Es war faszinierend. Es war grell und dezent zugleich. Es wühlte mich auf. Zum ersten Mal nahm mich eine Frau gefangen, die nicht Sophie war. Und ich wollte es zulassen. Ich hatte zu viel gelitten. Und war nicht jetzt, wo sie mein Zimmer besetzt hatte, die Gelegenheit günstig, mich zu rächen? Sie hinauszuwerfen mit ihren schrecklichen Bildern? Hatte sie sie nur ausgewählt um zu provozieren?

Mach deinen gierigen Mund zu, von mir kriegst du nichts zu fressen! So oder so nicht.

Ich würde dem Mädchen nicht schreiben. Vielleicht wäre das mein größter Fehler gewesen. Vielleicht nähme meine Haut eines Tages von Sophie nur noch nachtkalte Schatten an. Wer wusste das schon? Die junge Frau hieß Eliane.

Ich durchquerte den Luxembourg-Park, trank im *Royal* Luxembourg einen Espresso, kaufte Käse, Brot, eine Flasche Rotwein beim Vietnamesen an der Ecke Rue Royer-Collard, in diesem höllisch engen Laden, der nur ein Schlauch war. Als ich ins Zimmer kam, waren die Bilder abgehängt. Sonst war alles unverändert. Na also, sagte ich mir und machte die Flasche auf.

EINUNDDREISSIG

War es ein kleiner Sieg? War das der Anfang einer heilsamen Verwandlung? Ich genoss die Stille. Drei Tage ohne diese Bilder, aber keine Sophie, obwohl ihre Sachen noch da waren. Lediglich ihre unnachahmliche Umhängetasche fehlte. Doch ich konnte nichts tun. Jedes Mal, wenn ich den Stift nahm, ein Buch, den großen *Larousse*, legte ich alles wieder aus der Hand. Denn sie war überall, obwohl ich keine Ahnung hatte, wo sie war. Sie schaute mir über die Schulter und ich verlor die Orientierung, sie führte den Stift, machte Striche, wo ich verzweifelt Buchstaben schreiben wollte, schlug falsche Worte nach. Entnervt legte ich mich hin. Unterm Kopfkissen fand ich den Zettel:
Erwarte dich auf dem Bahnhof von Fontaine-le-Port. Heute, 10. Juni, um 15:00 Uhr. Sophie

Musste ich den ausgerechnet am letzten Tag aufsuchen? Vielleicht hätte ich ihn auch nie gefunden. Ich hatte keine Zeit mehr, dachte kaum nach, erwischte den letztmöglichen Zug. Mit einer einzelnen Rose erreichte ich fast pünktlich die trostlose Station. Dort saß sie. Auf der gleichen Bank wie bei unserer schweigsamen Abfahrt im März.

Sie lächelte sanft, zog die Beine in Zeitlupe hoch und entzog mir so jeden Boden. Ich konnte diesen ästhetisch-höllischen Genuss kaum verkraften. Braune Beine, weiße gewirkte Wäsche, winzige Spitzenränder.

Ich setzte mich danach noch einmal auf die Bank, auf der ich allein gesessen und sie beobachtet hatte. Wir gingen aufeinander zu, umarmten uns. Ihre kleinen erregten Brüste prägten meine Haut durch das Hemd.

Wo warst du die ganze Zeit?

In unserem Hotel da drüben. Ich hab's doch noch getan.

Was getan?

Einen Koffer dagelassen und nicht bezahlt.

Wir lachten. Ich würde sie nie begreifen. Aber was machte das schon! Ja, was machte es?

Wir nahmen den Zug eine halbe Stunde später. Ein Asphalthimmel mit Grünspanspuren zog auf. Bald würde ein ganzer Stausee abstürzen. Das kleine *Hôtel de l'Ermitage* duckte sich unterhalb der Brücke. Die Ziegel graurotgelb, wie von Edgar Allen Poe gemalt. Licht flammte in einigen Fenstern auf. Die Lokalität blieb zurück, ein schmutziggelber Fleck im Tag.

An der Gare de Lyon trennten wir uns. Besser, Sophie trennte sich von mir, als habe die Stadt hier einen besonderen Zugriff auf sie. Hier war es hell. Sie wippte davon, kurzröckig, winkte mit der Rose, verschwand in Richtung Boulevard Diderot. Endlich, nach zwanzig Metern, drehte sie sich um, blieb kurz stehen. Ihr herrlicher Hals fokussierte die Sonne.

Ich melde mich, rief sie ziemlich neutral.

Danach sah ich sie über eine Woche nicht mehr.

Ich traf mich am Abend mit Claude und Ed. Sie waren merkwürdig aufgekratzt. Claude sagte was über amerikanische Juden in Paris und Ed hatte gewisse Einwände, sagte aber:

Since I'm a jew myself, I can say about them whatever I want.
Sie stritten sich eine Weile nervös lachend, denn sie wollten die Freundschaft nicht aufs Spiel setzen.

Being a fuckin' german, spielte er auf Claudes normannisches Aussehen an, *you are simply against jew's, that's what you are, admit it!*

Oh, make use of your Beretta, sagte Claude, und ließ ihn einfach stehen.

Seine Eltern haben jüdische Kinder versteckt, sagte ich ernst zu Ed, der daraufhin versteinert stehen blieb. Auf ihrem normannischen Gutshof, vier Jahre lang.

Dann rannte er umständlich hinter Claude her und lud ihn zum Essen ein. Erst als ich von weitem nickte, stimmte der schließlich zu. Den ganzen Abend hätschelte Ed nun Claude, konnte sich nicht beruhigen.

Er schreibt ein Buch über Sophie, sagte Claude in meine Richtung um abzulenken. Wenn er sich damit mal nicht vertut.

Schreiben ist in Ordnung, sagte Ed, aber muss es gerade über eine Frau wie Sophie sein? Aber ich kenne sie ja nicht.

Sie ist ziemlich problematisch, sagte Claude, aber heiß bis ins Haar. Mindestens.

Schreiben, sagte Ed, wäre mir viel zu mühsam. Wie geht das? Erklär's mir mal.

Schreiben kann man nicht erklären, sagte ich. Es schreibt einfach weiter, auch wenn man nicht schreibt!

Der Juniabend kam von den Dächern herunter, richtete zwischen den Geschlechtern wieder einiges an. Wir beschlossen, in die Rue Saint-Denis zu gehen. Das heißt, ich konnte mich dem nicht widersetzen. Ed wollte unbedingt, aber der hatte keine Ahnung von der Sache mit Sophie. Wir klärten ihn auch nicht auf, denn das hätte kaum etwas genutzt. Claude machte sich bald davon.

Schrecklich aufgemotzte Frauen in den Seitenstraßen. Die meisten schon angejahrt. Kleine Konfektionsbetriebe, die selbst in der Nacht arbeiteten. Billighersteller, die keine Sicherheitsauflage erfüllten. Miese Kneipen, düstere Stiegenhäuser, mickrige Zuliefererwagen, die überall wild parkten, Abfälle, Hunde und alte, schleichende Menschen, männliche Touristen, auch solche, die ihre Frauen aufgekratzt in Richtung Châtelet führten.

Irgendwann hatte selbst Ed genug und wir drehten um. Den ganzen Rückweg überlegte ich, ob ich nicht bis zur Rue Blondel hätte gehen müssen. Manchmal ist man so nah an einer Antwort, hört aber nicht hin. Allein wäre ich wohl gegangen. Ed redete unaufhörlich. Ich seilte mich ab, kam ins Hotel zurück. Noch vor der verstaubten, verglasten Tür des Hinterausgangs wusch ich mir mechanisch die Hände am muffig-dunklen Waschbecken.

Was ich an Ed mochte war sein Humor, seinen unerschütterlichen Optimismus, seine Neugier. Was ich hasste war sein Gesichtsausdruck, wenn er über Sex redete. Das kam Gott sei Dank nicht zu oft vor. Aber er schwieg nie. Das nervte mich.

Das Telefon klingelte. Sanft wurde nach Sekunden aufgelegt. Ich beriet mich danach telefonisch mit Claude wegen Sophie. Er reagierte einsilbig. Er könne ja nichts wirklich beurteilen, was ihn nicht beträfe. Er sei eben ein anderer Mensch und hätte möglicherweise mit Sophie andere Probleme, wenn er sie, ja wenn er sie denn näher kennen würde. Da gab ich ihm Recht.

Diese Stadt verändert mich, sagte er philosophisch, wird Zeit, dass ich wieder in den kühleren Norden komme!

Hast du dich etwa verliebt?

Eine eher traurige Geschichte. Ich will nicht drüber reden.

Tags darauf traf ich ihn mit Ed im Hof der *Sorbonne*. Sie waren im Gespräch, als ich auf sie zukam.

Sie ist Jüdin, wie ich, brüllte Ed gerade.

Wir lachten irritiert.

Alle naselang sagt sie: I can't deal with french and I say: I wouldn't say that at all! Französisch ist immer gut!

Weißt du noch, schwenkte er urplötzlich um, wie wir mit Robert-Bobby nach Lille gefahren sind, in diesem alten VW mit Zwischengas? Wie Robert verschämt zu seiner *Tante* Adèle gegangen

ist, ein paar Stunden, und völlig aufgelöst wieder mit uns zurück-fuhr? Wir hatten inzwischen einiges getrunken und konnten ihn nicht ablösen. Ein Wunder, dass es nie zu einem Unfall kam. So fertig, so besoffen von Liebe, wie die ihn gemacht hat. Weißt du das noch, Claude? Und ich war mal auf Malta ... Also ...
Ach diese Geschichte wieder, stöhnte Claude.
Also Tanja und ich fuhren nach Ghajn Tuffieha an den Strand, im Norden. Im Bus staute sich Hitze. Die grünen Fensterläden waren überall geschlossen. Da standen vor Mosta zwei Patres auf, gingen zum Fahrer, flüsterten ihm ins Ohr. Der hielt mitten im Verkehr an. Nach zehn vollen Minuten Andacht und Huperei kehrten sie zurück, rafften ihre Kutten eilfertig, und der Bus setzte ungerührt seine Fahrt fort. Niemand protestierte.
Also die Geschichte ist nur komisch, wenn da keine Haltestelle war, sagte ich, und Ed drehte beleidigt ab.

Vor der *Salle Neuf* lehnte Sophie mit angezogenem linken Bein, als *hätte* sie gerade die erotische Philosophie erfunden.
Komm, sagte sie, ich will es sofort! Ich bin deine Vorlesung!

Mit Yvonne war es ein gänzlich anderes Gefühl. Ich hatte einen bösen bakteriellen Infekt. 39,8 Fieber. Ich wankte ins nächste Krankenhaus. Quasi um die Ecke. 8 Tage Aufenthalt.

Sophie hatte gesagt: *Du musst ins Krankenheus. Unbedingt! Geh endlich! Aber Krankenbesuche mache ich nicht.*
In der Notaufnahme traf mich ein Gesicht, wie ein Schlag. Es gehörte der Assistenzschwester, deren Namen ich durch Zuruf des Arztes erfuhr. Dieses Gesicht schien eine fließende Aura zu haben und in einem stillen Oval zu ruhen. Es erinnerte in seiner Durchsichtigkeit an Frauenporträts von Sandro Botticelli. Ich wollte Yvonne unbedingt wiedersehen, dieses Gegenspiel zu So-phie. Aber ich sah sie dort nicht mehr. Zwei Wochen später ent-deckte ich sie noch einmal unerwartet. Sie stieg nachmittags vor

dem Hospital schwungvoll auf ein furchterregendes Motorrad zu einem Typen, der zum Motorrad passte.

ZWEIUNDDREISSIG

Sophie hatte sich ihr wunderbares Venusgelände frisch rasiert, bis auf eine kleine, wilde Kruppe. Wild, die sandige Camargue, zart, ein Flamingonest. Sophie fatale, Sophie ewig, Sophie Vulkan, Sophie ausweglos. Feinschwarzes Haar, das unter meinen Lippen glänzte. Ich wurde wahnsinnig, ich wurde verrückt. Es gibt ein einmaliges Kompositum, ein nur einmal im Leben gefundenes Flechtwerk von Weichheit, Duft, Form, Farbe, Licht und Schweiß. Und das alles war undenkbar ohne ihren wachen Geist, ohne ihre Lippen, ohne ihr riesiges Herz, ohne Frechheit, Maßlosigkeit und Verletzlichkeit. Sophie war dadurch, dass sie mir passiert war, unvermeidlich geworden. Ich wünschte mir, dass sie nun für alle Ewigkeit eine Art *zone bleue* in mir einnähme, wie jene im Stadtkern, in der niemand parken, ein Reservat, in dem niemand außer mir verkehren durfte. Immer noch hielt ich es für möglich.

Seit ein paar Tagen lief sie geschäftig durchs Zimmer. Morgens stand sie vor mir auf – schlaf noch ein wenig, du hast ein hartes Studium – rührend im weißen, kurzen Nachthemd, mit witzigen, eingestickten Sprüchen. Sie schonte mich, man konnte es kaum glauben, machte das Frühstück, kaufte schon früh baguettes, öffnete das Fenster weit, begrüßte den Morgen fast kindlich, umhegte, umsorgte mich, dass es mir fast peinlich war. Ihre Brüste schienen nun voller zu sein, vermutlich hatte ihnen ihr Mütterlichkeitszentrum Befehle gegeben.

Sophie konnte still sein, sie konnte fürsorglich sein. Ich war aus dem Häuschen, nicht weil ich Fürsorge besonders mochte – oh, meine Mutter! – sondern weil ich solche Züge an ihr nicht vermutet hatte. Sie überraschte und hätte vermutlich noch ganz andere Außerordentlichkeiten zu bieten. Ich liebte es, dass sie mich ständig herausforderte, dass sie gänzlich unverhofft das Unerwartete präsentierte. Nur hätte ich gern manchmal früher Bescheid gewusst.

War es nicht so, dass ich, auf dem Boden eines Zimmers, mit einem Ziel, der *licence en lettres*, mit einem von ihr nicht mehr kritisierten Familienhintergrund, schon im Zentrum eines regulären Lebens stand, und sie die Umstände und entsprechenden Gefühle zu akzeptieren begann? Hatte sie nicht in *Dampierre* und anderswo behauptet, es wäre schön, in solchen Häusern zu wohnen, hatte sie nicht geäußert, dass ein Mann mit derartiger Ausbildung schon was fürs Leben sei? Waren das nur Gefühlssplitter gewesen, kleine Fontänen, kurze Augenblicksansichten, die man nicht werten durfte? Auf welche Seite sollte ich mich schlagen? Wohin würde sie gehen? Blieb sie im Unberechenbaren, oder tendierte sie tatsächlich zu meiner großbürgerlichen Herkunft? Mir war es egal, solange ich wusste, dass ich sie nicht verlieren würde. Schließlich glaubte ich, dass sie zu allem fähig wäre. *Dampierre*, ein Schloss. Drunter ging es wohl nicht.

Sie stand da vor dem Fenster, setzte sich auf die Stange, schaukelte frei vorm Himmel, nur eine Hand am Fensterausschnitt, was mir bei fünf Etagen den Atem stocken ließ, wippte mit den Beinen, ich kriegte keinen Ton heraus, sie lachte unbeschwert, war Frühling und der ganze Rest, alles in einem. Oder ein Scherenschnitt.

Es ist angerichtet, sagte sie affektiert.

Endlich kam sie wieder herunter, noch aus der Handbewegung, und ich erhob mich erleichtert vom Bett. Wir saßen und schwiegen. Sie lächelte mich in ein sprudelndes Sommerflussbett hinein, ihre Augen kochten vor dunkler Kühle, sie war ein einziges

Versprechen in die Zukunft. Der Honig blieb an ihrer Oberlippe und ich erntete ihn da. Und dennoch, während sie auf diese Weise eine gute Woche mit mir lebte, schien es, als hause sie neben mir im Zelt, als habe ich sie aus der Wüste der Nomaden mitgenommen, mit all dem Staub, den offenen Feuern, den Reit- und Zugtieren, und sie könne bestimmte Gewohnheiten nicht mehr ablegen, nichts hergeben von dem, was sie bei ihrem Jägertum in einem riesigen Schweifgebiet erworben hatte. Ich war so hin von ihrer unerwarteten Verbindlichkeit, dass ich die Woche drauf fast alle Vorlesungen schwänzte. Das hätte beileibe ich nicht tun sollen.

Einmal hatte ich mir bei den Bourrets, sie hatten zwei, ein Auto geliehen und Sophie nach Noisy-sur-École mitgenommen, wo es noch im Wald von Fontainebleau eine feinsandige Wüste ohnegleichen gibt. Gigantische Findlinge. Eine Landschaft, die einen sprachlos macht. Man hörte ein kleines Flugzeug über der weiten Sandfläche. Der Sand schien im Licht wie ein stiller See. Sophie wollte sofort dort ein Wochenendhaus bauen. Naturschutzgebiet? Na und? Warum hast Du mich überhaupt dahin gebracht? Weil es genauso so schön und schrecklich in mir aussieht nach Deinen Eskapaden. Das sollst Du wissen. Die Findlinge inklusive.
Lange hatte mich höllisches Jucken am ganzen Körper geplagt, das von dem Antibiotikum herrührte, das ich zehn Tage lang dreimal täglich hatte nehmen müssen. Das kam nun wieder in mir hoch, weil Sophie mir jede Bereitschaft zunichtemachte.

An einem der folgenden Morgen wurde ich gegen 05:00 Uhr lächelnd wach. Sah noch den Tropfen Honig von vorgestern auf ihrer Oberlippe. Doch Sophie war fort. Ihre Tasche fehlte und ein ganzer Teil ihrer Sachen. Und ein Koffer fehlte, den ich irgendwann hatte wegwerfen wollen. Ich ging zum kleinen Vorderfenster, konnte da nur auf dem Bett stehen bleiben, ein wenig angeödet vom Morgen. Ich hatte keine Kraft mehr, ins Bett zurückzugehen. Ich stand einfach da und ließ die Krankheit Sophie in mir wirken. Die Rue Saint-Jacques schickte Laute herauf.

In der rissigen Kühle des Hausflures gegenüber entstand unerwartet eine merkwürdige Unruhe. Hände erschienen aus dem Halbdunkel, Hände, die hastig Gegenstände und Tüten stapelten. Eine abgenutzte Hand, die Kochtöpfe absetzte. Eine Kinderhand. Zwei, drei Hände gleichzeitig. Dann Schritte, die sich wieder entfernten. 5:15 Uhr morgens. Eine Frau eilte ins Freie. Ihre Bluse wehte halb offen, das Gesicht unter ungekämmten Haaren, wie blind. Sie blieb stehen, unschlüssig, unwirsch. Hastete zu einem der Blumenkarren, die dort nächtigten, löste den Keil ungeschickt, begann ihn zu entladen. Entschlossen packte sie die ausgebleichten Griffe, kippte den Karren schließlich nach hinten. Auf dem Pflaster entstand ein trauriges Stillleben. Vor dem Eingang gegenüber schlug das Eisen hart auf, rutschte kreischend noch ein Stück. Fünf Menschen entkamen im Zeitraffer dem Hausflur. Ihr nervöser Aufbruch vertrieb eine schreiende Katze.

Tüten, Töpfe, Kleider, ein Schränkchen, das nicht schloss. Chaos. Zwei Kinder, eine alte Frau. Ein Blumentopf wurde umständlich verstaut. Der Mann löste sich vom Wagen, lief ins Haus. Auf der unsichtbaren Treppe schepperte ein Wortwechsel. Metall berührte den Steinfußboden, der Mann kehrte zurück. Jetzt begann er zu laufen. Die falsche Richtung. Er kehrte um, fiel hin, raffte sich hoch. Der Vogelbauer hatte sich geöffnet. Sein Bewohner flog auf den Sims der ersten Etage, dachte nicht an Rückkehr. Mit einem Schirm gestikulierte der Mann heftig. Noch eine Etage höher, richtete sich der Vogel ein. Der Abstand zwischen dem verzweifelten Schirm und dem Karren wurde geringer. An der nächsten Ecke holte er ihn ein. Hinter fünf Menschen entstand eisige Stille.

Seit dem Morgen lag ich wach. Sonne schob frühen Mittagslärm durch die Gardine. Jedes Geräusch war verändert. Klinisch gefiltert streute das Licht im Zimmer. Als gehörten sie nicht mehr mir, gehorchten meine Hände einem unsichtbaren Magnetismus. Es schmerzte. Auf dem Laken erinnerte ein champagnerfarbener Fleck an die letzte Nacht mit Sophie. Die Sonnenblenden des Krankenhauses, hundert Meter entfernt, am Ende der keilförmigen Höfe, waren weiß und schwiegen. Die Höfe trugen süßliche Gerüche herüber. Die ließen ahnen, wie es in Schlafsälen dritter Klasse zugehen musste. Ungeduld hinter den Rollos. Das Pochen der Tennisbälle aus der nahen Ziegelsteinhalle. Links die hohe Wand.

Aufstehen. Den Tag im Nacken. Die Suche nach Übersicht, während der Rücken schmerzte. Mir war gleichgültig, auf welchen Wegen Menschen Fäden zueinander knüpften, welche Stärke ausreichte, den Faden nicht reißen zu lassen. Ich versuchte, das Licht fernzuhalten, übte Bewegungen vorm Spiegel, denn kannte ich mich wirklich? Der Tag war ein endloser Schrank mit unzähligen Schubladen, die man alle einmal öffnen musste, um Bescheid zu wissen. Jeder Beginn versandete ziellos. Abends kaufte ich Brot, Käse, einen fertigen Salat. Der Inhaber trug sich mit dem Gedanken, den Laden endgültig aufzugeben.

Ich entkam dem Haus. Das Hotel hieß wohl deshalb Janus, weil es Vorder- und Hinterausgang hatte. Leicht vorspringend wie zwei Gesichter. Ich glaubte, etwas Unerlaubtes zu tun. Das Bistro gegenüber war geschlossen.

Hinab den Boulevard Saint-Michel. Über die Brücke zur Cité. Hinter dem Polizeipräsidium fand ich eine Katze im Rinnstein. Ihre Augen hatten die Grausamkeit der Stadt angenommen. Längst hatte sie die matten Zinkdächer gemieden, denn sie war schwach. In ihrem Blick verräterische Lichter. Das Haar auf ihrem Rücken hatte sich verfilzt. Ich würde die Schwarze am

Patron vorbeischmuggeln. Aber dann ließ ich es. Eine Frau nahm sie entschlossen mit.

Soll ich dir schreiben, Sophie? Aber wohin? Du bist so nackt. Und überall Gedanken, die dich ermöglichen. In meinem Kopf bist du nackt, weil du der Welt ausgesetzt bist. Ich will dich schützen. Es ist ein Fieber, ständig. Ich weiß nicht, wer du bist. Ich wusste es nie. Aber ich muss es doch wissen. Doch, wir passen zusammen, Sophie, du und ich, ich beschwöre dich, denn auch ich kenne mich nicht mehr.

DREIUNDDREISSIG

Einmal monatlich wurde ich zwecks Ermahnungen nach Hause zitiert. Meine Mutter verhielt sich relativ ruhig – dein Vater macht sich große Sorgen, tu es doch wenigstens mir zuliebe - . Einmal weinte sie sogar. Sie hatte mit Chathérine ungeheuer viel zu tun. Man wunderte sich, dass diese, obwohl nun verheiratet, offenbar wieder zum Kind geworden war. Meine beiden jüngeren Brüder kamen zu dem Schluss, dass eine Ehe die reine Hysterie sei, und entschieden sich daher schon früh für die Ehelosigkeit. Mein Vater hielt mir lange Vorträge. Er schien vom Herzen nichts zu wissen. Meine mäßige Zwischenprüfung vom Februar war eine ständige Drohung. Säbelscharf. Sie sorgte dafür, dass das vermeintliche Grauen unbrauchbarer Abschlüsse umherkroch als unsichtbares Gift.

Manchmal brachte ich Bücher mit nach Paris zurück. Diesmal waren es drei Bände Französische Moralisten aus der Bibliothek meines Vaters. Hatten sie nicht viel Brauchbares geschrieben, auch über die Liebe und das Herz? Ich plünderte La Rochefoucauld, Vauvenargues, Montesquieu, Chamfort, studierte Galiani, Rivarol, Joubert und Jouffroy. Ich las über das Glück, die Liebe, die Frauen, über Leidenschaften, Vorzüge und Fehler, über den Geschmack am einsamen Leben, über Ehe, Galanterie und Sklaverei, die Hauptquellen des Irrtums. Tagelang las ich über die Grenzen der Erfahrung, die Schriftstellerei, den Enthusiasmus, die Poesie, die schönen Künste, über die Gesellschaft, die Wahrheit, den Irrtum, über Raum, Zeit und Licht, über Metaphysik, Leben und Tod, die Unsterblichkeit der Seele. Ich staunte, dass mein Vater das las, war aber dennoch nicht überrascht.

In all diesen Tagen hörte ich nichts von Sophie, versäumte alle Vorlesungen, rasierte mich nicht. Am Ende meiner Klausur fiel mir ein Wort von Vauvenargues wieder ein, das mir besonders aufgefallen war:

Es ist leichter, Neues zu sagen, als das schon Gesagte mit sich in Übereinstimmung zu bringen.

Merkwürdig, hatte ich ihnen nicht in fast allem zustimmen müssen? Legten sie nicht klar und offen dar, was uns alle bewegte? Manche Maximen umschlossen mich wie die eigene Haut. Und doch blieb immer das Bewusstsein, dass mein besonderer Fall, meine gewaltige Liebe zu Sophie, meine Obsession, meine Verzweiflung nicht für die Sprüche anderer taugten.

Irgendwann begriffen meine Eltern, dass mein Absacken mit Sophie zu tun haben musste. Ende Juni tauchten sie unverhofft auf und wunderten sich über das stark veränderte Zimmer. Einzigartig waren die Blicke, mit denen sie alles kommentierten. Doch sie sagten kaum etwas Konkretes dazu. Gott sei Dank, war Sophie nicht da.

Warum bringst du sie nicht einfach einmal mit?

Mitbringen ...

Ich war völlig konsterniert. Damit hatte ich nicht gerechnet. Und natürlich wollte ich das zu diesem Zeitpunkt auf gar keinen Fall. Wer hätte auch garantiert, dass sie in einem einigermaßen akzeptablen Aufzug bei meinen Eltern erschienen wäre. So redete ich mich heraus, behauptete, Sophie sei bei ihren Eltern, sie sei nur manchmal hier. Ihre Mutter sei ernsthaft krank. Meine Eltern brachten zwar Sophie mit meiner Mittelmäßigkeit in Verbindung, schrieben die aber eher meiner Disziplinlosigkeit zu, als Sophies fataler Natur. Denn sie hatten ja eine andere Sophie kennengelernt. Sie waren sogar überzeugt, dass Sophie genauso unglücklich über meine Leistungen sein musste wie sie selbst. Hatte sie nicht einen zielstrebigen Eindruck gemacht und befasste sie sich nicht mit Philosophie?

Und wirklich strapazierte Sophie einen, etwa, wenn sie eine Behauptung aufstellte, oder wenn sie einen Entschluss mitteilte, Redewendungen wie: Meine Philosophie ist ...

Ende Oktober würde sie spurlos verschwinden. Mitte Mai war sie an einem Montag bei mir eingezogen. Dann verschwand sie am Dienstag. Sonntagabend war sie lachend und schimmernd, eine Schlange im Mondlicht, wieder da. Wir sprachen kein Wort darüber, und tatsächlich blieb sie bis Mitte Oktober ständig bei mir. Sie jobbte in einer der Buchhandlungen am Boulevard Saint-Michel. Mir widerfuhr so etwas wie ein regelmäßiges Leben. Ihr Kopf, ihr Geist waren frei und klar. Ich dachte an hellgrüne Blätter, mit Tautropfen. Ihr Körper, ihre Augen: so unschuldig; ihre Haut: unentdecktes Gebiet. Ich hatte das Glück, mit einer Frau zu leben, die keine Vergangenheit hatte. So wollte ich es. Deren Zukunft womöglich an nichts oder mich gebunden wäre. Die unberührt schien von Schuld und fatalen Verwicklungen. Sie war limonenfrisch. Meine Leistungen wurden besser. Ich liebte sie bis zum Wahnsinn.

Juli und August vergingen. Das Spiel von Trennen und wiedervereinen setzte sich fort. Im Juli fuhr ich für ein Woche nach Hause, im August für vier Tage mit Sophie ans Meer. Nachher weiß man immer was richtig gewesen wäre. Nur einen Tag lang war wie das Paradies, der, an dem Sophie am Strand von Wissant *ihre Füße im Sand verewigte,* wie sie sagte.

Der 15. Oktober. Ein nebliger Tag. Früh schon hatte das Laub im Jardin du Luxembourg verrückt gespielt und den ganzen Sommer zunichte gemacht. Sophies sommerliches Sitzen war dort ausgewischt, das Lachen, das Hochziehen der Brauen und Beine. Man hörte die Stahlbesen der Gärtner.

Ich kam gegen 14:00 Uhr nach Hause und das Zimmer war kahl, ein Baum im November. Kein Gruß, nichts. Sie musste sich alles minutiös gemerkt haben, es war, als sei sie nie da gewesen. Nicht einmal ihren Duft konnte ich rekonstruieren. Das Fenster stand sperrangelweit offen, das Bett war frisch bezogen, der Campingkocher stand auf dem Tisch. Es gab keine Tischdecke, der Deckenbirne war der rote Schirm genommen worden. Es gab kein anderes Geschirr mehr, kein Bord mit Gläsern, keine Parfümfläschchen. Vor der Koffernische fehlte der blaue Vorhang und auf dem Tisch die grüne Flasche mit Blume. Meine Schreibmaschine stand wieder dort, der Gaskocher nicht mehr neben dem Waschbecken. Der hohe rechteckige Hocker war fort. Ich hatte Mühe mich zurechtzufinden, war zwischen heiß und kalt hin- und hergerissen. Das alles war endgültig. Das Zimmer aus Eis.

Kurz vor Weihnachten erhielt ich eine Karte: *Wohne jetzt an der Gare du Nord, Rue Dunkerque. Es ging nicht anders. S.*

Immer wieder las ich sie, wendete sie, suchte nach Spuren. Der Stempel konnte nichts verraten als die Stempelzeit. Eine Pfütze, ein Vogel im Gegenlicht, eine leere Bank. Laub, fern und unwirklich Notre Dame. Eine Karte, die man als letzte Verzweiflungstat am Bahnhof kauft.

Mitte Oktober. Semesterbeginn. Ich war den Sommer nicht lange fort gewesen, um intensiv zu lernen. Das hatte in Tours Eindruck gemacht. Doch ich tat das alles wegen Sophie und wegen des neuen Lebens. Genutzt hat es nichts.

Die Nacht durchwandern. Stunden in der Rue Dunkerque. Doch die war lang, und wo hätte ich suchen sollen? Irgendwann würde ein Zufall mir zu Hilfe kommen.

Zurückfinden ins Zimmer, unter den statischen Farn der Tapete. Den Mann in der Tiefe der Höfe beobachten, die sicheren Bewegungen, als ende die Welt außerhalb seiner Werkstatt. Ausgedehnte Alleen durchäderten die Stadt. Nacht hatte sie überzogen. Tagsüber hatten sie ihre Schmerzzentren. Der Aufschrei unter dem Verkehr war verstummt.

Weißt du noch Sophie, das Paris der Nacht überredete uns. Wir ließen uns berühren von späten Spaziergängern, von Stimmen grauer Blüten. Vielleicht liebe ich aus der Distanz ungefährdet. Vielleicht lasse ich den Wind in mich, Sophie, der dich hinausfegt. Unter dem hohen Fenster haben deine Gedanken noch schöne Schatten. Aber wie lange? Vielleicht werde ich dies Zimmer nie verlassen können.

Ich dachte ans Meer, während ich die Place du Panthéon überquerte. Es war 6:00 Uhr früh. Behutsame Kupferfarben hinterließen ein sanftes Zittern. Von Schlaf keine Spur. Einmal waren wir im Sommer am Meer gewesen, Sophie und ich. Ein paar Tage. Ein einziger Rausch. Deine Schritte im Sand wird das Meer nicht getilgt haben. Ich will diese Schritte noch einmal küssen. Ich werde hinfahren. Nach Wissant.

Sophie! Ich will keine andere. In den Fluren der *Sorbonne* werde ich einer gewissen Marie-Claire aus dem Weg gehen müssen, die aus Tours stammt und meine Eltern kennt. Vielleicht haben sie sie auf mich angesetzt. Sie hat die schöne Langeweile der Bourgeoisie. Meine Mutter sagte, diese sei aber zuverlässig!

Vielleicht kann ich dich nie mehr finden, Sophie. Ich blieb an der Pont Marie stehen. Am Quai Bourbon arbeitete ein vermummtes Film-Team. Immer wieder trippelte eine junge Frau die Stufen vom Wasser herauf, lief ein kurzes Stück, schaute auf ihre beladenen Arme, drehte sich frech um, rief mit verzückter, wie mir schien arg verstellter Stimme: *Vergiss nur ja den Koffer nicht, Pierre!*, wiederholte den Namen immer wieder, fast schreiend. Die Szene war zu Ende.

Zwanzig Takes, bis die Regie endlich zufrieden war. Sie drehten einen realistischen Film. Nach jedem Take machte sich die Akteurin Luft und landete vor einem improvisierten Schminktisch. Ihr kurzer Wollrock wippte verführerisch über schwarzen Leggings, bevor sie sich setzte.

Man erkannte kaum Gesichter von der Brücke aus. Schals verdeckten sie halb. Ich hatte eine gewisse Ahnung, hatte Angst. Auch ich zog den Schal in der schwarzen, gewachsten Jacke hoch. Und dann schrie ich ihren Namen, ich brüllte, ein Tier, konnte mich einfach nicht zurückhalten: Sophie, Sooophiee, Sophiiiee ...
Es hallte fürchterlich von den noch unbelebten Fassaden, den Brückenbögen und vom Fluss herauf. Ich rannte davon, wusste am Ende nicht mehr, war das Wirklichkeit gewesen oder Film. Spielte ich, oder litt ich wirklich wie ein Hund? Nahtlos, wie mir schien, hätte sich mein Ausbruch da einbauen lassen, und vielleicht hatte der Regisseur das Gleiche gedacht, denn der wuchs da unten regelrecht an.

Seit meiner frühen Kindheit hatte ich dem Festland misstraut. Liebte die Inseln. Sophie war meine Insel. Das höllische Paradies, wohin ich mein Leben lang schwimmend unterwegs wäre, doch das mir immer wieder abhandenkam. Ich schrieb wie der Teufel, ohne sie käme nichts mehr. Ich schrieb höllische Gedichte. Sophie. *Île flottante*. Treibende Insel.
Île flottante hieß auch ein Dessert, das allerdings ungetrübten Genuss lieferte, die einzige Erinnerung an einen harmonischen

Kinderurlaub mit meinen Eltern auf der Île de Ré. Am Strand von La Couarde-sur-Mer.

Ich hatte stets dem Festland misstraut, aber vielleicht war das mein größter Fehler.

VIERUNDDREISSIG

Am 2. Juli war ich zweiundzwanzig geworden. Ich hätte gern die Reife eines Fünfzigjährigen gehabt, um die Herausforderung Sophie bestehen zu können. Doch niemand konnte mir die Gelassenheit verleihen, die ich gebraucht hätte. Mein Vater warf mir zuweilen vor, ein Träumer zu sein. Dem musste ich widersprechen. Aber ich konnte träumen. Diesen Unterschied konnte ich ihm nicht klar machen. Meine Mutter nannte mich egoistisch. Da hatte sie Recht. Ich wollte unbedingt, dass die Ausprägungen der Seele eine entsprechende Füllung fänden. Als kleiner Junge hatte ich oft geweint, aber früh begriffen, dass Tränen die anderen nur kurzfristig umstimmen konnten. So bildete dieser Ausweg die absolute Ausnahme, und meine Ausnahmen geschahen unter Ausschluss der Öffentlichkeit. Stattdessen lief ich nun wie gestochen durch Paris.

Wenn ich auch sicher war, dass Sophie mich immer wieder täuschte und enttäuschte, so wusste ich doch, dass sie List oder Berechnung im eigentlichen Sinne nicht anwandte. Alles geschah instinktiv und ich konnte ihr daher verzeihen. Doch wieviel Verzeihung vertrug ein Mensch? Der, der verzieh, und der, der Verzeihung empfing. Das war eine Frage, die mich stark beschäftigte. Ich begehrte Sophie und wusste nicht, ob ich die Liebe außen vor lassen konnte. Ob Begehren notwendigerweise Liebe enthielt, oder ob das eine ohne das andere existieren konnte oder durfte. Sophie hatte noch keine wirklich törichten Worte geäußert, und daher nahm ich an, dass sie mich nicht liebte. Denn erst wenn man töricht wurde, sich verhaspelte, wirre Worte redete, die nirgendwo andocken konnten, war das ein sicheres Zeichen von Liebe.

Zur Liebe gehörte auch die Trennung. Und die besorgte Sophie allein oft genug. Es machte mir Sorgen, dass ich wohl kaum zu diesem Mittel greifen konnte, es aber vielleicht müsste, um einmal wirklich die Fronten klar zu machen. Vielleicht aber würde die Weisheit des Fünfzigjährigen mich nur lähmen, weil sie mich zu vorsichtig machte. Ich verstand, dass man Genüsse, wie ich sie empfangen hatte, mit einer dem Alter vorauseilenden Weisheit nicht haben konnte. Ich war zweiundzwanzig. Der Aufwand der Gefühle konnte nicht modifiziert werden. Ohne ihn gäbe es keine schönen Erschöpfungen mehr, auf die ich nach wie vor hoffte. Ich wollte Sophie ganz, ich wollte sie mit allen Landschaften ihrer Seele, ihres Geistes und ihres Körpers begreifen. Ich hatte die Liebe neu erfunden. Das, was mir und Sophie geschehen war, war ein Ausnahmefall, ähnlich der Vollkommenheit eines frühvollendeten Dichters. So stellte ich es mir vor.

Für einen Augenblick glaubte ich wieder ein Boot zu sein, mit genügend Zeit, in alle Richtungen zu treiben. Liebe ist, trotz aller Selbstentäußerung, der größte Egoismus zu zweit. Etwas, worüber man am wenigsten Auskunft geben kann. Ist sie nicht auch eine ständige Erweiterung der Lüge, der Selbstlüge und des Unwissens? Was ist der Beweis von Liebe? Von unserer Liebe? Etwa Sophies Flucht, ihre Abwesenheit? Kann man Liebe überhaupt beweisen? Sophie gab der Wahrheit oft eine besondere Farbe, eine, die sie dann anders als wahr erscheinen ließ.

Mein Mund lief über von Geständnissen, doch niemand konnte sie hören. Und hätte Sophie sie nicht als naiv empfunden, wie sie da aus meiner Hilflosigkeit entsprungen waren? Wort für Wort? Ich warf ihr vor, dass ich nicht wissen konnte, was sie dachte und sagte mir, dass ich Recht damit habe. Vielleicht war es das Allerbeste, dass Sophie verschwunden war. Vielleicht hatte sie das Unausweichliche nur vorweggenommen. Ja, vielleicht!

In diesen Tagen schlief ich noch einige Male mit Sandrine und machte mir keinerlei Vorwurf diesbezüglich. Ich betrog Sophie nicht, denn der Körper war nur Teil meiner großen Empfindung. Es war lediglich so, als würde ich meine Wunden pflegen. Auch Sandrine konnte ich nicht betrügen, denn sie erweckte nicht den Eindruck, ich sei ihre große und unausweichliche Liebe. Sie verabschiedete sich vielmehr wie nach einem opulenten Essen und sagte äußerst lakonisch: Wir müssen das gelegentlich wiederholen! Gelegentlich.

Ich schrieb Sophie ein paar endgültige Briefe, die ich dummerweise nicht abschicken konnte. Dennoch glaubte ich, die Briefe müssten sie irgendwie doch erreichen. Das Ausmaß meiner Verwirrung war einigermaßen erschreckend. Die Liebe war unzweifelhaft eine Krankheit mit noch unerforschten Nebenwirkungen. Vielleicht saß Sophie ja gerade irgendwo und war schwanger. Ich wollte zu ihr stehen, aber konnte es nicht.

Ach Quatsch. Wir hatten einen Film gesehen, in dem genau das einem jungen Pärchen ohne Einkünfte passiert war. Sophie hatte Rotz und Wasser geheult, aber anschließend sehr kühl behauptet:

Sie ist eine Idiotin, dass ihr das heutzutage passiert.

Und was, wenn sie ihn damit ködern wollte?

Schöne Methode, nein danke!

Ganz im Geheimen regte sich in mir auch eine Art Vernunft. Vielleicht mussten sich in solch einer *amour fou* Regenerierungsphasen ergeben, indem der eine den anderen zeitweise verließ. War ich verliebt in Sophie, war ich *amoureux de* Sophie, oder war es Vernarrtheit, *s'amouracher de* Sophie? Jedenfalls machte sie mich gelegentlich zum Narren; ich tat das Meine, mich selbst dazu zu machen. Ich wollte der Sache die Verrücktheit nehmen. Es würde sich eine große, unverwechselbare Liebe ergeben, die alles und jedes verzeihen konnte. Ich musste abwarten. Ich durfte ihr nicht nachspionieren. Sophie war in meinem Lebensprogramm festgelegt, sie würde sich unweigerlich melden, wenn dieses Programm es vorsah. Vielleicht lebte sie ja inzwischen mit einem Anderen? Aber hätte nicht unsere Mailbox in der Ewigkeit auch dies vorgesehen? Unsere Gedanken konnten dort hinterlegt werden, würden sich treffen, bis ein leibliches Zusammenkommen für immer unausweichlich wäre.

September. Das Semester wird bald wieder beginnen. Vom grünen Kiosk an der Ecke der Rue Soufflot streift mich ein Vogue-Titel. Das seitlich abgewandte Frauengesicht, das ganz in Rot lagert und von der rechten Stirn an bis zur Wange mit tiefblauer Schminke verfärbt ist, ermahnt mich, das Überflüssige endlich zu meiden, mich auch wieder dem Tagesgeschehen zuzuwenden. Das hatte ich lange Zeit vollends vergessen. Ich blättere in Tageszeitungen und nehme zwei mit nach Hause.

Hatten wir nicht die Euro-Einführung Anfang des Jahres? Amtsenthebungsverfahren gegen Clinton wegen dieser Monica Lewinsky. Luftangriffe auf Serbien. Gaddafi liefert die Lockerbie-Attentäter aus. KFOR-Truppen erstmals im Kosovo. Öcalan zum Tod verurteilt. China kann angeblich Neutronenbomben bauen. Wohnhaus in Moskau bei Bombenanschlag zerstört, 90 Tote. Das alles hatte Sophie zugedeckt. Und wenn ich auch daran glaube, dass Sophie die Kraft dazu hatte, so bin ich doch erschrocken.

Ich stürzte mich erneut in die vorbereitende Arbeit, hatte aber bereits viel Terrain verloren. Das Deutsche schien genügend Klarheit und Verstand zu liefern für meinen unbedingten Willen, mit Sophie in diesem Leben anzukommen. Ich rief Sandrine an, wir arbeiteten immer öfter gemeinsam, bis wir davon ziemlich erschöpft waren.

Mein Kurswert stieg nun wieder, aber ich rauchte inzwischen wie der Teufel, schlief mit reichlich Rotwein ein. Manchmal wurden wir gemeinsam wach. Mal bei ihr, mal bei mir. Auch unsere sexuellen Ausflüge waren eine Arbeit an uns selbst. Wir hatten den Menschen, den wir brauchten, nicht in unserer Nähe, aber wir hielten das Gelände bebaubar. Es war eine anstrengende Zeit, in der ich auch einiges schaffte, doch nahm einen die wahre Liebe nicht noch mehr in Anspruch? Daran war kein Zweifel.

Ich begann, über Erziehungsmethoden meiner Familie oder solcher Familien nachzudenken, die meiner ähnlich waren, und ich kam zu dem Schluss, dass sie dem Durchschnittlichen mit hohem Anspruch galten, den Dichter aber, wie er in mir steckte, missachteten. So mussten derartige Methoden notwendigerweise versagen, bei einem wie mir, der eine ganz andere Seele mitbekommen hatte. Würde ich wenigstens die *licence en lettres* erwerben? Wenn Sophie da war, hielt ich das nicht unbedingt für nötig, fehlte sie, strengte ich mich mehr an. Doch jetzt ließ ich nach, ohne dass sie da war.

Undankbar, egoistisch, eigensinnig, das waren Vokabeln, die ich bei jedem Besuch bei meinen Eltern zu hören bekam, die aber nichts von dem beschrieben, was mich ausmachte. Auch die durchsichtigen Fragen nach Marie-Claire, die doch auch an der *Sorbonne* studiere und, man staune, ganz in meiner Nähe wohne, nervten mich. Dichter brauchten Frauen wie Sophie, die ihnen das Leben aufrissen, bis es unrettbar vor ihnen lag, ein blutender Granatapfel.

Ich lebte nur auf Sophie hin. Auf Erschütterungen, wie sie mir Rimbauds *Saison in der Hölle* beschert hatte, oder Baudelaires

Blumen des Bösen. Wenn Sophie mich nach einer gewissen Eruption des Endgültigen, die ich mir von ihr erhoffte, betröge, würde ich sie mein Leben lang lächelnd belügen, aber ich würde sie nicht verlassen. Das nahm ich mir felsenfest vor. Vielleicht betröge sie mich auch nicht. Insgeheim hoffte ich, sie formen zu können, ohne dass sie es merkte. Ein sauschweres Stück Arbeit.

Ich schrieb mit Bleistift ein höllisch-heißes Gedicht auf die Tapete, das die Zimmerfrau, wenn schon nicht rot, aber gewiss blass vor Neid werden lassen würde. Ich wollte eine *Jeanne Duval,* die Geliebte Baudelaires, mit einer ganzen Welt im Haar, oder *Ophelia,* oder noch besser, eine Mischung aus beiden.

FÜNFUNDDREISSIG

Merkwürdig an der Liebe ist, will man sie beschreiben, kann man das nur mit unbekanntem Vokabular geschehen. Als sei die Liebe aus Materialien zusammengesetzt, für die es noch keine Bezeichnungen gibt. Es liegt dir da auf der Zunge. Du schmeckst es, es brennt, du weißt noch nicht was es ist, du versagst kläglich. Ich konnte meine Liebe zu Sophie nicht erklären. Nicht Claude und Ed gegenüber, nicht meinen Eltern, die, weil ich offenbar auf ihre Marie-Claire nicht ansprang, ernsthaft fragten, was denn an dieser Geschichte mit Sophie nun wirklich dran sei. Sie gingen in die Offensive, denn sie ahnten, ohne die Frage nach Sophie anzuschneiden, würden sie meine schlechten Leistungen nicht erklären können.

Vielleicht wollte nur meine Eigenliebe nicht von Sophie lassen. Ich hatte keine Antwort darauf. Denn die Empfehlung, sie zu vergessen, war so etwas wie eine Aufforderung nach Beendigung des Lebens. Gleichzeitig wusste ich, ich hätte die Seite der Vernunft besser verfolgen sollen. Aber was ist Vernunft? Meine Leidenschaft war derart groß, dass sie mich dazu verführte zu glauben,

Sophie und ich seien von Natur aus füreinander geschaffen. Ich wusste, dass darin ein logischer Fehler lag, manche nannten den Gedanken lächerlich, aber das hinderte mich nicht, an die Richtigkeit meiner Empfindung zu glauben. Ich glaubte.

Mein Vater setzte mir mit dem Studium und den daran gebundenen Leistungen eine Frist. Er wirkte dabei hilflos, denn welche Macht hätte er, das Verstreichen dieser Frist zu verhindern? Das Schlimme war, er hatte genauso gut Recht wie ich. Meine Mutter saß nickend neben ihm, sie zeigte mir leise auf, welche Konsequenzen ein Leben ohne einen Abschluss, ohne hervorragenden Abschluss, in Frankreich haben würde, in einem Land, das, auf Teufel komm heraus, den Stolz auf Bildung über den Adel der Seele stellte.

Der September war heiß und lähmte meine Bereitschaft den Erwartungen meiner Familie zu entsprechen. Mein Bruder ging seine eigenen handwerklichen Wege, meine Schwestern zuckten die Schultern. Die jüngere war noch zu jung um konkret zu werden. Catherine war verheiratet und meinte, ich solle doch lieber Anwalt werden. Sie war bereits völlig untergegangen in ihrer neuen Familie.

Ich beschäftigte mich mit der Liebe. Liebe muss Erinnerungen, gegenwärtigen Genuss und die Sehnsucht nach Dauer enthalten, um bestehen zu können. All das hatte sie. Also schloss ich, dass meine Liebe zu Sophie für einen Bestand vorgesehen war. Ich würde warten, was auch käme. Zugegeben, Sophies Natur war problematisch, aber es war ihre ehrliche Natur. Sie war nicht falsch. Sie lebte einfach nur sich selbst und stieß damit an, weil ihre Natur abwich vom Üblichen. War das nicht besser, als die in Spalieren gezogenen Kinder des Bürgertums?

Ich hungerte nach ihr. Sie wäre eine Frau für die Dauer und eine Geliebte, denn vergaß ich bei ihr nicht alles, sogar die offensichtlichen Fehler ihres Geschlechts? Wenn Liebe Angst vor der

Vollkommenheit hat, weil sie sich bei Erfüllung selbst überholt, so hatte ich mit Sophie die ideale Partnerin gefunden.

Meine Mutter sprach gerne von *Mésalliancen*, Fehlverbindungen, dabei gab es nur eine einzige – und das war die der Seele, des Herzens, des Ortes in uns, für den es nie ein Wort geben wird. In der Liebe gibt es nichts Absurdes, für den der liebt. Absurd ist einzig, die Liebe nur mit der Ehe bestätigen zu wollen, so als könne sie dadurch erst freigeschaltet werden. Es war offensichtlich, dass Sophie sich für immer von mir verabschiedet hatte. Ich musste nun eigentlich vor Wut alles Schöne schlecht machen. Doch ich sammelte auch in ihrer unerklärten Abwesenheit weiter auf der Habenseite, bis dort mehr erschien, als gerechterweise erscheinen durfte. Jedes Bemühen, sie aus dem Nichts zurückzuholen, war gescheitert, dennoch gab ich nicht auf. Vielleicht wollte ich Unglück und Nachteil einfach nicht gelten lassen. Es gab Tage, an denen ich sie zu vergessen suchte, in Sandrine mehr entdeckte, als da zu finden war. Es gab Nächte, in denen ich stundenlang durch die dunkle Rue Dunkerque strich. Dann gab ich es auf.

Sophies Selbstbewusstsein hatte mich stark beeindruckt. Und Sophie bewunderte mich nicht, was ich aufregend fand. Konnte man sie sich überhaupt alt oder nur älter vorstellen? Sie entwaffnete mich, während sie mich gleichzeitig stark machte. Es würde genau ein Jahr dauern, bis ich sie wiedersähe.

Der Brief in Kanzleigrau kam aus Fleury-Mérogis. Ein Ort südlich von Orly. Mehr wusste ich nicht. Ich war aus dem Häuschen. Selbst wenn sie dort in einem lächerlichen Vorort, in einem beschaulichen kleinen Haus mit Mann und Zukunft lebte, wollte ich sie wiedersehen. Wieder Dezember.

Mein lieber Jacques, du hast lange nichts von deiner Philoso-
phin gehört, aber selbst mit der Philosophie entwickeln sich die
Dinge nicht immer so, wie man will. Sei's drum!
  Besuche mich doch unbedingt am 16. 12. l um 15.00 Uhr, an
der angegebenen Adresse. Es geht nur dann.
  Frage bitte nach mir! Aber frage mich nichts! Sophie
Ich nahm am Châtelet die RER nach Ris-Orangis und wusste
nicht im Geringsten, worauf ich mich einließ. Ich war nur froh,
dass ich sie wiedersehen würde. Eine schreckliche Aufregung
durchzog mich, meine Hände wurden feucht, was ich hasste. Ich
stellte mir eins von diesen kleinen Vororthäuschen mit Kaf-
feeduft vor.

In Fleury-Mérogis nahm ich ein Taxi und versuchte, das süffi-
sante, sogar etwas hämisch-bedauernde Lächeln des Fahrers zu
deuten. Er merkte, dass ich keine Ahnung hatte. Die Fahrt war
nur kurz, ich fand mich vor einem völlig unerwarteten Anwesen.
Eine Bastion aus Beton.
  Das *Maison d'Arrêt des Femmes*, das Frauengefängnis in
Fleury-Mérogis. Ich war so geschockt, dass ich das Fort, so kam
es mir vor, ein paar Minuten im Rücken ließ, bis ich mich gefangen hatte. An der Pforte fragte ich tonlos nach Sophie, zeigte meinen Pass und wurde von einem Beamten über endlose Höfe und
Gänge, durch Gitter, Glastüren und dergleichen in einen Raum
geleitet, den eine längere Glaswand teilte, hinter der, wie auf der
Besucherseite, ein paar dumpfe Hocker standen. Ich zitterte, ich
konnte Knie und Hände nicht ruhig halten. Ich musste sie hier
herausholen. Ich hatte die absurdesten Gedanken, aber diese Ab-
surdität kam mir dort nicht zu Bewusstsein. Vielleicht wartete ich
schon Stunden?

Sie wurde von einer Frau in blauer Uniform hereingeführt. Sie
war blass. Sie war es und sie war es nicht. Sie adelte dieses Haus,
sah trotz allem hinreißend aus in ihrem farblosen Dress, der ihre

natürliche Schönheit unterstrich. Sie sprengte alles. Doch sie war auch müde.

Die Frau in Blau setzte sich geräuschlos. – Blick links, rechts, Rock glattstreichen – diskret in eine Ecke und schrieb etwas in einen Block. Ihr Blick hatte mich kurz erfasst und eingeschätzt. Von mir aus.

Mein lieber Jacques ...

Sophie, mein Gott, was tust du hier?

All die kleinen Scherenschnittbilder, die ich mir von ihr gemacht hatte, während der langen Abwesenheit, tauchten auf, überfluteten mich, und immer war es eins davon, das mir unvergesslich war, als ich nämlich über mir ihren Leib spürte, und zwischen meiner Nase und ihrem Schamhaar das kleine Vorderfenster blinken sah, 50 x 50 cm, ein blaues Versprechen in die Zukunft. Und jetzt war da Glas zwischen uns, das keinerlei wahren Glanz besaß. Wir sprachen über einen Telefonhörer, und obwohl sie so nah war, schien sie von einem anderen Planeten aus anzurufen.

Ich verstand, dass sie keine Frage dulden würde, die ihr Hiersein erklärte. Das Warum aber plagte mich unterdessen wie ein Mückenstich unter dem Auge.

Wie geht es dir, fragte sie.

Ich vermisse dich.

Ich vermisse dich auch.

Du vermisst mich?

Ja, ich vermisse dich. Vielleicht bringst du mir ja nächstes Mal ein paar deiner Gedichte mit?

Ich wollte aufspringen, sie umarmen, in ihr versinken, doch da war diese elende Scheibe zwischen uns; ich blieb also sitzen, mit Tränen in den Augen, die eine Hand am Hörer, die andere zur Faust geschlossen.

Wir sprachen nur das, was jeder, der uns dort gesehen hätte, von uns erwarten würde. Sicher tat man ihr Unrecht. Es gab viele Wiederholungen und möglicherweise waren auch einige ganz dumme Sätze darunter. Meine Augen stellten indessen unablässig die gleiche Frage:

Sophie, liebe Sophie, um Gottes Willen, was machst du hier?

Bitte frage mich nicht, antworteten ihre Augen, und ich fragte sie nicht. Sicher hätte es auch nicht mehr erklärt als das, was man sehen konnte. Ich hoffte nur, dass es sich nicht um ein Kapitalverbrechen handelte. Vielleicht war alles nur ein Irrtum.

Wie lange musst du hierbleiben?

Na ja ... drei Jahre vielleicht.

Was, drei Jahre?!

Drei Jahre bestimmt.

Gott sei Dank kein Mord, oder so was. Oder log sie? Aber was würden schon diese drei Jahre aus ihr machen? Vielleicht war es ungerecht, aber ich mochte mich nicht ernsthaft fragen, was sie angerichtet hatte.

Die Frau in Blau stand auf. Das hieß unweigerlich, dass ich jetzt gehen musste.

Ich schreibe dir, sagte Sophie.

Sie küsste mich, die Augen feucht, durch die Scheibe auf den Mund, lange, wie es schien, und da sah ich ein winziges Lächeln bei der Beamtin, als habe sie während der Dienstzeit einen Liebesfilm gesehen. Sophie drehte sich nicht mehr um.

Ein Mann erschien, er brachte mich zurück. Ich fragte ihn, wen ich in der Sache Sophie Langret sprechen könne. Er gab mir zwei Telefonnummern und übergab mich achselzuckend einem anderen Beamten.

Draußen starrte ich auf den Zettel, dann zurück auf das Fort. Ich heulte den halben Weg lang bis zur Station Ris-Orangis. Es war saukalt.

Ich telefonierte mir die Tage darauf die Seele aus dem Leib. Irgendwann gelangte ich bis zum Regierungspräsidenten für den Bezirk. Ich erklärte, ich studiere, sei Schriftsteller und wolle gern die Genehmigung, mit einem kundigen Beamten des *Maison d'Arrêt des Femmes* in Fleury-Mérogis zu sprechen, weil ich an einem Buch arbeite und Genauigkeit auch in der Fiktion von großer Bedeutung sei. Außerdem sei dies auch ein Projekt der *Sorbonne*, das zu meinem Erwerb der *licence en lettres* gehöre. Alles was ich daraufhin erreichte war, im Gefängnis zwei Stunden mit einem Beamten bei einer Kanne Kaffee sprechen zu können.

Am Ende der beiden Stunden war einige Sympathie vorhanden, er gestattete mir nach längerem Drängen und einer viertelstündigen Rücksprache im Hause, für eine halbe Stunde in einer leeren Zelle zu sitzen, die gerade renoviert werden sollte. Ich bat ihn inständig, mich einzuschließen, damit ich auch nachempfinden könne, wie Häftlinge ihren Alltag zu meistern hätten. Ich wurde auf dem Hin- und Rückweg zu dieser Zelle an einigen Frauen vorbeigeführt, die nicht schlecht staunten und sich sogar zu einigen Pfiffen hinreißen ließen. Sophie war nicht darunter, ich hatte es so sehr gehofft. Natürlich konnte ich eine solche Aktion nicht wiederholen, aber ich würde es ihr später erzählen. Außerdem spräche sich solch ein Vorfall im Gefängnis schnell herum.

Von nun an besuchte ich sie immer dann, wenn sie mich darum bat. Sie schrieb kurz und ich fuhr hin. In der Regel geschah das alle drei Wochen. Nie war ich ihr so nahe, und ich zitterte ihrer Entlassung entgegen. Doch nach etwas über einem halben Jahr hörte ich nichts mehr von ihr, erfuhr an der Pforte, dass sie, 'für die nächsten Jahre', verlegt worden sei. Wohin, könne man mir nicht sagen. Ich sei schließlich kein naher Verwandter. Wenn sie mich sehen wolle, würde sie sich schon melden. Ich war völlig verzweifelt, ich konnte nicht mehr arbeiten. Ich aß nur wenig. Immer mehr sackte ich ab.

Es fing so romantisch an. Jedenfalls kam es mir immer so vor. Aber kann eine Geschichte erklärt werden, indem man sie nacherzählt? Schafft das Erzählen nicht Geschichten, die niemand erklären kann? Geschichten, die nicht mehr die ursprünglichen sind? Ich war dessen sicher.

Inzwischen wohne ich wieder im Hôtel Janus, im Fünften Pariser Bezirk. Und ist nicht Janus der Gott des Anfangs und des Endes? Ich bin seit gestern hier. Ein Abirren ist nicht möglich. Sie ist immer da. Sophie. Beim Kaffeekochen. Im Schlaf. Am Schreibtisch. Nun wohne ich erneut hier, weil ich den Zettel fand. Den von damals. Ich weiß noch den Anfang des Buches, an dem ich schrieb. Der liegt im Kopf, eine eingeschobene Diskette. Das Buch über Sophie. Es ist nicht fertig.

Als sie vom *Maison d'Arrêt des Femmes* in Fleury-Mérogis verlegt wurde, war es so, als existiere sie nicht mehr. Ein Mensch mit so viel Blut und Haut, mit so viel Herz und Verachtung, mit so viel Kraft und Verletzlichkeit sollte verschwunden sein, eine Fiktion, eine literarische Wolke? Drei Jahre sind inzwischen vergangen. Niemand hilft mir.

Ein Boot, sagte ich mir damals, hat Zeit alle Richtungen zu erfahren. Ich hielt mich für ein romantisches Boot, das sich gefahrlos treiben lassen konnte.

Eine Täuschung. Ich war zwanzig. Nun liege ich schon Jahre danach im Wasser und setze Tang an. Ich will mich nicht beklagen, doch Sophie hat mir größere Verletzungen beschert. Lebenslang, behaupten ein paar Freunde. So weit will ich nicht gehen. Sophie war eines Tages einfach da. Wie eine gnadenlose Begabung. Und dann war sie einfach weg.

SECHSUNDDREISSIG

Ich bin jetzt sechsundzwanzig. Ein Zeitalter scheint hinter mir zu liegen. Eine Familie auch. Tours ist unendlich fern. Genauso fern wie Sophie. Ich lebe ein unkonventionelles Leben, aber auf welchem Grat zwischen den früheren Extremen?

Das Buch für Sophie schließe ich. Ich kann es nicht zu Ende schreiben. Die letzten Sätze habe ich liegend gelesen. Meine Augen brennen und wollen mir nicht mehr gehorchen. Irgendwo fahren verirrte Busse. Nachts fällt ein milder Regen.

14. Februar 1999. Sonntag. Der Tag kommt nur mühsam hoch. Vorm Fenster bewegt sich die Antenne des Anbaus nicht mehr. Es ist schlagartig ungewöhnlich kalt. Über den Dächern graue Entschlossenheit. Morgen werde ich zum *Crédit Lyonnais* gehen müssen. Ein Ausstellungsplakat surrt noch in der Ferne meines Kopfes. Die müden Slogans der Schlussverkäufe liegen in den Straßen.

Ich bin erschöpft von dieser Nacht. Schleiche durch die Rue Jean-de-Beauvais. Gelbe Maschinen harren mit Riesenaugen in einem Waschsalon. Eine einsame, alte Frau betätigt Hebel. Sie hat die Wäsche verstaut, steht nun im Mantel hinter der Scheibe, mit dem Rücken zur Straße. Ihr Stand ist unsicher. Außer ihr ist niemand in dem kahlen, lang gestreckten Raum.

Ich komme an einem Restaurant mit dem Namen *Palais de la Griserie* vorbei, Palast des Lächelns, betrete wenig später *Notre Dame,* wo eine Messe gegen die Gleichgültigkeit, das Wandern, Reden und Fotografieren der Touristen ankämpft. Gehe lange im Kreis. Komme an der Kreuzung Vavin wieder ans Licht, gehe später die Avenue René Coty, die früher, viel schöner, Avenue du Parc Montsouris hieß. Hunderte von nummerierten Läufern. In den Fenstern verschlafene Zuschauer. Polizisten halten die Kreuzungen frei. Lautsprecher lärmen. Es ist 11:00 Uhr. An der *Brasserie du Parc Montsouris* Himmel und Menschen. Läufer in dichten Knäueln. Hier habe ich an stillen Sonntagen mit Sophie gesessen, wenn wir vom Park kamen. Ich erinnere mich an einen frühen, heißen Nachmittag ohne Menschen. Ich las ihr vor und sie kommentierte respektlos.

Unzählige Nuancen ihres Lächelns zersplittern. Der Eingang zum Park ist zugestellt mit wichtigtuerischen Lautsprecherwagen. Ein Reporter spricht auf der Straße um sein Leben, das Mikrofon, als sei es die Ursache der ganzen Veranstaltung, aufwändig vor den Zähnen. Es ist, als würden Plätze entweiht.

Ich bin stundenlang gelaufen. Ich suche die Bank unterhalb des verfallenen *Palais Bardo*, wo neuerdings Renovierungsarbeiten im Gange sind. Von weitem eine Frau, schlank, im Wollmantel, den Kopf mit einem Schal verhüllt. Steht auf und geht. Raureif auf der Bank. Sie war da, sie saß da, aber es gibt keinen Abdruck. Ich gehe kurz ins Toilettenhäuschen. Nichts verändert. Dieser Tag ist saukalt. Unsere Bank. Ich sitze, die Ellenbogen auf den Knien. Man spricht in solchen Fällen von versteinerter Trauer. Sie muss doch kommen. Ich glaube fest daran, dass es möglich ist. Meine Augen brennen.

Sie war wild-schroff wie die Ardèche und gleichzeitig wie die heißen, sandigen Flächen der Provence.

Wer bist du, Sophie?

Ich bin ich, sonst niemand.

Hinab die Avenue René Coty, wo Geräusche jetzt gedämpft bröckeln. Die alte Schnitzerei in der Bank. Der Ort hält mich, obwohl ich schon fast in der Rue de la Santé bin. Das Männergefängnis. Schnell die Mauern entlang. Nichts soll ihr Lächeln abwaschen. Ich habe die offene Métrostation *Cité Universitaire*, schon längst überquert. In einem winzigen Laden kaufe ich ein paar Dosen

Getränke, lande an der Station Saint-Jacques. Eine Frau verhandelt am Blumenstand. Der Bettler mit offenem Bein betrachtet mich ohne Vorwurf.

Ich fahre bis Denfert-Rochereau, komme an der Kreuzung Vavin wieder hoch. In der Métro spielt ein Schwarzer auf dem Keyboard. Die Leute schauen gleichgültig weg. Mir gefällt die Musik. Ich werfe fünf Franc in den Hut mit Schweißrand.

Sechs Stunden zu Fuß. Nichts gewinnt Form. Ich gehe kurz bei Ed vorbei. Der hat Amerika wegen der Februar-Prüfungen verpasst und Claude ist auch noch in der Stadt. Ich habe keine Prüfung besucht. Wir reden. Danach weiß ich nicht, was wir geredet haben. Ich stehe an seinem Schreibtisch, sehe von da aus das unzuverlässige Licht auf der Straße. Ich suche auf dem Tisch herum. Meine Hand steckt etwas ein. Und dann, ich glaube es nicht, ein Band Gedichte von Paul Éluard, der oben die Initialen S. L. trägt, die ich dort angebracht habe. Eine ältere Ausgabe, die ich genau kenne. Habe ich sie ihm geliehen? Nein.

Ich nehme die Métro bis Pigalle. Ich gehe. Im rechten Augenwinkel, etwas später, treibt die Rue des Dames. Eine Stunde später finde ich mich in der Rue des Rosiers. Beide Manteltaschen hängen schwer. Das Buch, Eds *Beretta*. Im Licht der koscheren Bäckerei schlage ich eine bestimmte Seite auf:

Il fallait bien qu'un visage / Réponde à tous les noms du monde.

Es musste so sein, dass ein Antlitz / Antwort gibt auf alle Namen der Welt.

Die beiden Sätze sind mit Bleistift dünn unterstrichen.

Kein Zweifel, es ist Sophies Buch.

Ich hatte es ihr geschenkt. Ed und Sophie? Am besten gefiel ihr das Gedicht mit der blauen Orange. Wie kam das Buch in seine Hände? Sollte sie mich mit Ed betrogen haben? Schlimmer hätte es nicht kommen können. Ich habe keine Kraft, Ed anzurufen.

Seit dem frühen Morgen durchwandere ich Paris wahllos. Und doch scheint mein Körper nicht ohne Plan. Ich schwitze trotz großer Kälte. Ich gehe einfach weiter. Ich weiß nicht, wie lange noch und wo ich schließlich noch landen werde.

SIEBENUNDDREISSIG

Ich habe dieses verdammte Zeug genommen. Ich vertrage es nicht und muss damit aufhören. Aber geht das? Seit Tagen kann ich sporadisch meine Bewegungen nicht richtig koordinieren. Ich lasse Dinge fallen, habe Schwierigkeiten mit der Orientierung. Als ich das Haus verlasse, ersticht eine Frau in Weiß, im Fünften Fernsehkanal, einen Mann am Klavier. Es ist 15:15 Uhr. Durch die Scheibe bei den Wirtsleuten sehe ich die sich verkrampfenden Finger des Mannes auf der Tastatur.

Es ist relativ mild. Morgens ein wenig Sonne. Der Nachmittag ist kurz hell und lichtüberflutet. Ich weiß nicht, wann ich nach zurückgekommen bin. Ich habe verzweifelt gesucht, wusste aber nicht was. Ich erinnere mich an die Bank im Parc Montsouris, die noch die gleiche Farbe hatte unter dem Raureif. Ich erinnere mich, dass irgendein italienischer Name gefallen ist. Dass Ed unwirsche Worte gesagt hat. Dass ich nicht ins angrenzende Zimmer durfte. Hat Claude etwas gewusst? Ich gehe den Sophie-Parcours bis zur Rue Monsieur-le-Prince, wo ihr früheres Haus ganz abweisend schweigt. Ich glaube, nebenan die ehemalige Concierge zu erkennen, weiß, gebeugt, mit Stock.

Immer wieder rufe ich bei der Filmgesellschaft an, frage nach *Soma Chegret*. Irgendwann werden sie es leid sein. Endlich finde ich das Haus mit dem schwarzen Opakglas-Schild und den goldfarbenen eingravierten Lettern im Achten Arrondissement:
Les Par Hazard Films S.A.

Sie hat nur drei Filme gemacht, Monsieur! Wir wissen nichts weiter von ihr. Sie soll in Marseille leben. Das ist alles, was wir sagen können. Es ist nichts Neues mit ihr geplant.

Ich bin unrasiert. Der Mantel, unordentlich offen. Zweimal fehlen mir die Worte. Kein Wunder, dass sie mich nicht mögen. Sie halten mich für einen Psychopathen, der Schauspielerinnen nachsteigt. Was wissen die von mir, was von Sophie! Haben sie jemals etwas gefühlt, für das man ein ganzes Leben, ein Studium, eine Familie geopfert hätte? Was könnte ich ihnen alles erzählen. Da brauchte man kein Drehbuch. Aber sie wollen gar nichts wissen. Ohnehin würde ich Sophie nicht verraten. Sie fertigen mich bei halbgeöffneter Tür ab.

Ich wandere zurück. Lange Pausen. An der Place Maubert kaufe ich ein Baguette. Eine gelbe Pyramide reizt mich beim afrikanischen Obsthändler der unteren Rue Saint-Jacques. Ich komme tatsächlich nicht auf den Namen der Früchte.

Pamplemousse, sagt der Algerier lachend, was sonst.

Ja, was sonst. Und vielleicht habe ich damals den größten Fehler gemacht, der jungen Frau aus der Rue Vavin nicht zu schreiben. Ich kenne nur noch ihren Namen. Ein Schmerz will nicht weg aus dem Wort *pamplemousse*, das sie verzaubert hat. In der linken Manteltasche hängt Eds *Beretta* schwer. Sie ist eiskalt.

Die Zeit spricht ihre eigene Sprache. Die Stadt spricht ihre Sprache. Ich höre Worte, aber ich verstehe sie nicht. Ich sehe Früchte und ihr Name fällt mir nicht ein. Sophie ist mein ewiges Vokabular. Ja, mein ewiges.

In der Rue Fossés-Saint-Jacques treiben Samtfarben. Die Idee des Endes hat Samtfarben. Vielleicht ist Sophie keine Schauspielerin mehr. Ich muss sie ausfindig machen. Vielleicht treffe ich jemanden, der weiß, wo sie sich aufhält. Und ich stelle mir vor, man würde mir sagen, die Schauspielerin Soma Chegret sei erst kürzlich gestorben. Bei einem Autounfall, unweit Paris. So früh. Ein Holzkreuz stünde an der Straße nach Chartres, der Beweis, dass sie tot sei. Merkwürdig jedoch, dass auf dem Holzkreuz nur ein Vorname zu lesen sei. Sophie. Ein Vorname, sonst nichts. Kein Datum. Auch wisse man nicht, wer das Kreuz aufgestellt habe. Aber es sei der richtige Ort. Durchgefroren erreiche ich mein Zimmer, das ich tatsächlich gesucht habe.

Vom Tisch aufstehen. Das Licht einschalten. Wieder ausschalten. Vorm Spiegel sitzen, das dunkle Silber mit Bewegungen plagen. Flächen schraffieren auf einem weißen Bogen. Die Hand liest Geräusche und Vibrationen. Vom Hof fliegt das Klappern kurzer Frauenschritte herauf. Die lang gestreckte Abendschule für irgendetwas füllt sich mit eiligen Füßen. Monotone Ballwechsel aus den Oberlichtern der Tennishalle links im Hof. Im Flur fegt die Frau aus Martinique die Fliesen. Sie summt. Ich muss mich hinlegen. Habe ich gegessen?

Manchmal bekomme ich noch Post. Die Zimmerfrau kündigt Briefe immer schon im Treppenhaus an. Die Tür öffnet sich mit einem wahnsinnigen, zweimaligen Laut des Sicherheitsschlosses der im Flur hallt. Das Vogelgesicht schaut um die Ecke und grinst. Es versteckt den Besen hinter sich, findet mich ausgestreckt auf dem Bett und wirft mir den Zettel achtlos zu. Es ist nur ein Zettel, kein Brief.

Seit zwei Monaten lebe ich in einem Strom. Ich fühle die Strömung, aber ich werde nicht mitbewegt. Nach wenigen, inneren Worten falle ich in mich zurück. Unterliege dem Memory-Effekt eines Akkus, der wohl nie mehr ganz geladen werden kann. Mühsam die Fäden aufheben. Lauter falsche Enden.

Die wintergraue Sonne schiebt Mittagslärm durch die Gardine. Der blaue Zettel liegt zusammengeknüllt auf dem Bett. Ich schleppe mich hinunter, kaufe Brot. Ein wenig Käse, einen fertigen Salat. Will ich überhaupt essen?

Du bist mein Ich, Sophie, schreibe ich in mein Übersetzungsheft, an dem ich nicht weiterkomme. Meine Schrift ist schwer zu lesen. Übersetzen. Eine Obsession, wie das verdammte Schreiben. Ich will dich erreichen. Ich habe keine Angst mehr. Aber in Marseille weiß auch niemand von dir. Ich habe die Auskunft genervt mit allen Variationen deines Namens. Wann habe ich mit denen gesprochen? Auch die Stadtverwaltung habe ich doch ...

ACHTUNDDREISSIG

Der Vormittag. Ich schleppe mich auf die Rue Saunt-Jacques inunter. Boulevard Saint-Michel. Die Place Saint-Michel. Die Métro bis Barbès-Rochechouart. Wieder Saint-Michel. Heute Mittag habe ich die Patronen gekauft. An der Place Clichy kriegt man einfach alles! Rötliche, blanke Geschosse, die einem gefällig und schwer in der Hand liegen und eine gewisse, makellose Schönheit besitzen. Es ist etwas milder. Leute rempeln mich an.

Seit dem frühen Nachmittag folgt mir ständig eine Frau. Ich bin beunruhigt. Wenn ich stehen bleibe, unterbricht auch sie ihren Weg. Stiert mich an. Den Schal hält sie vorm Mund. Der Abstand wird größer, kleiner. Ich schleiche weiter.

Die Frau verschwindet schließlich, graues Angora-Ensemble, in der Rue du Val-de-Grâce irgendwie lautlos. Wem ähnelt sie nur? In den Bäumen streiten die Vögel. Ich finde mein Zimmer, schlafe Stunden, bin wach, schlafe. Durch erschöpfte Innenbilder sehe ich fast nichts mehr.

Das Zimmer. Das Hôtel Janus. Die roten Vorhänge schließen viel Licht aus. Das Türschloss ist mit zweimaligem Laut eingerastet.

Kein Gesicht, das mir folgt. Auf dem Fußboden lauern fahle Sonnenmotive. Die Zigarette stößt blauen Qualm hervor. Ich liege auf dem Bett, auf unserem Bett, Sophie! Stundenlang. Dieses verdammte Zeug macht mich müde. Wie heißt es noch? Das Fenster ist offen, der linke Flügel angelehnt. Ich erwarte dich. Der blaue Zettel fällt zu Boden. Ein knisterndes Luftpostblatt, mehr nicht, an zwei Ecken zusammengeklebt. Die Schrift schwimmt. Nur ein Satz. Aber welcher, verdammt? Und ist es deine Schrift? Wer liest es mir vor? Wer? Das Telefon. Doch ich komme nicht mehr hoch.

Welche Geschichte ich dir auch erzähle, Sophie, sie hat keinen Sinn, sie verliert sich in einer der sich auflösenden anderen Geschichten. Alle Bewegungen sind aus Glas.

Das Zimmer ist wieder still. Ich taste nach der *Beretta*. Das Tal von *Chevreuse*, Sophie. Das Meer ... Ich kriege die verdammten Augen nicht auf. Welcher Monat ist es? Welche Jahreszeit?

Die Vorhänge sind offen. Ich höre wie das Türschloss sich dreht. Leise. Ein winziges Geräusch. Die blanke *Beretta* ist kühl. Sie ist nah bei mir. Das Tal von *Chevreuse* verblasst. Du hättest so gern in *Dampierre,* im Schloss, gewohnt, Sophie. Was soll ich dir glauben? Was denn überhaupt?

Jemand kommt ins Zimmer. Es muss jemand im Zimmer sein. Claude? Ed? Sandrine? Wieso kommen sie einfach ins Zimmer? Jetzt. Einfach so.

Die einzige Frage, Sophie, ist die, hätte mein Buch dich retten können? Ich habe es nicht zu Ende geschrieben. Es ging nicht. Dieses unfertige Buch, Sophie, gehört nur dir, Sophie Amadée, und ich würde es am liebsten an der Straße nach Chartres begraben. Du weißt warum.

Ich schrecke auf. Ich blinzele verzweifelt. Vor dem Fenster erscheint der scharfe Umriss einer Frau. Sie bewegt sich ganz langsam und sicher. Sie ist allein, öffnet die Fensterflügel weit, als wohne sie da draußen. Sie kommt ins Profil, nimmt auf der Sicherheitsstange Platz. Ihre Schenkel fließen, sie wippt, ist fast schwarz gegen den Himmel.

Sophie, Sophiiie, mein Gott ... warum so spät? Vorsicht, Sophie! Du fällst! Gare à toi! Gare à toi!! Pass auf dich auf! Sophie, warum sagst du nichts?

Im Treppenhaus, jetzt, das Geräusch müde vorüberpendelnder Schritte. Eine irre Schwarmfliege umkreist die Lampe. Auf dem Zinkdach, rechts neben Sophies Umriss, es ist doch Sophie, sitzt eine Katze, die sich hingebungsvoll putzt. Spatzen streiten. Nur noch Ahnungen von Licht sind im Raum. Die Frau aus Martinique fegt auf dem Flur die roten Fliesen, wie immer um die Zeit, sie summt. Aber wie spät ist es? Die Tennisbälle links an der Wand der Halle. *Plopp, plopp.* Ein arabischer Name wird laut über den Hof gerufen. Niemand antwortet.

Warum bloß habe ich dieses Zeug genommen? Sophies Hand hebt sich. Die linke unterstützt die rechte. Ich erkenne eine Pistole und fühle Eds *Beretta* in der Hand. Wer war noch Ed? Ich schwitze entsetzlich. Ich muss ihr zuvorkommen, greife die schwere, blanke Waffe, ziehe sie mühsam hoch. Sophies Hände sind ganz ruhig. Es ist doch Sophie, es muss sie sein!

Wieso kommt sie erst jetzt? Wieso? Der Zettel. Wofür rächt sie sich? Warum spricht sie nicht? Ist sie es überhaupt? Ich werde ... werde ihr zuvorkommen. Ich kenne mein Ziel. Aber ich werde niemals wissen, ob sie danach dort hinabstürzen wird.

Du kannst mich retten, Sophie. Du hast den Teufel im Leib! Sophie!! Rette mich!! Diese Fliegen ...
Jemand ruft mit überhöhter Stimme: *Monsieur.*

Wieso kommst du erst jetzt, Sophie? Lass mich nur ein letztes Wort sagen, ... Sophie Amadée, un dernier mot ... ein letztes Wort ... Lass uns gleichzeitig schießen. Es ist für immer! Pour toujours! Pour toujours, Sophie! Aber ... doch vielleicht ... Amadée vielleicht Sophie ...

Auf meiner Schläfe spüre ich das kühle, runde Ende eines Laufs. Wie ein Lächeln.

***

*Jan Turovski in seinem Studentenzimmer, 185 Rue Saint-Jacques,
im 5. Arrondissement in Paris, 1964.*

1

2

Blick aus Jan Turovskis Studentenzimmer, Paris 1964

JAN TUROVSKI

Geboren in Bielefeld.
Romane, Kurzgeschichten, Lyrik, Theaterstücke.
Kaufmännische Ausbildung. Gesangsausbildung Oper.
Studienjahre in Cambridge, London und Paris.
Amerika-Aufenthalte.

<u>Cambridge University</u>: Certificate of Proficiency
in English. Diploma in English Language.
Contemporary literature.

Student trainee der Fa. Selfridges Ltd. London.

<u>Université de Paris Sorbonne</u>: Sorbonne Diplôme de
langue et littérature françaises. Lettres modernes.

<u>Collège de France</u> : Literatur-Vorlesungen.

3 x *Granta-Preis* für die Short Stories *Purgatory*,
The Witness und *Blue Glass*.

Prix Littéraire Européen Arthur Rimbaud 2000
für die unveröffentlichten Manuskripte Sophie fatale ...
(Roman) und Die blaue Provinz (Gedichte).

Mitarbeit an *die horen, The London Magazine, Granta*, Ly-
rik-Anthologien, sowie an Rowohlts Don-Juan-Anthologie:
Geschichten zwischen Liebe und Tod.

Beiträge in Zeitungen, Zeitschriften. Rezensionen.

Buch-Publikationen:

1988: Die Sonntage des Herrn Kopanski, Roman,
Benziger Verlag/Zürich.

1995: Der Rücken des Vaters, Roman, Avlos.

1997: Vor(w)orte der Liebe, Gedichte, Avlos.

2002: Sweet Home, Kurzgeschichten, Edition AB, Sofia.

2012: Berni, Bastian und Therese, Novelle, Bouvier.

Sowie weitere Romane bei Andiamo:

Der Rücken des Vaters, Roman, 2024, kartoniert,
176 Seiten, 13,90 €, - ISBN 978-3-7597-0865-6
Neuausgabe

Der kleine Idiot. Roman, 2024, kartoniert,
176 Seiten, 13.90 €, - ISBN 978-3-7583-9342-6

Joy & Nackt und Nebel, zwei Kurzromane, 2023,
kartoniert, 204 Seiten, 14,90 € - ISBN 978-3-7583-8590-2

Chicago-Pizza, Short-Stories, 2023, kartoniert,
320 Seiten, 15,90 € - ISBN 978-375789-88-78

Die blaue Provinz, Gedichte, 2023, kartoniert,
200 Seiten, 14.90 € - ISBN 978-3-7578-3108-0

Die Frau aus dem Plakat, Roman, 2022, kartoniert,
304 Seiten, 14,90 € - ISBN 978-3756-2917-55

Café noir & Under-Ground, Paris-/London-Stories,
2022, kartoniert, 212 Seiten, 13.90 € - ISBN 978-3755-7939-3

Lea, Leona ..., Roman, 2021, kartoniert,
168 Seiten, 12.90 € - ISBN 978-3-7543-6880-0

Das rote Bonbon, Short Stories, 2021, kartoniert,
252 Seiten, 13.90 € - ISBN 978-3-7534-3083-3

Fünfter Bezirk, Gedichte, 2020, kartoniert,
168 Seiten, 12.90 € - ISBN 978-3752-6749-34

Die Spur der Louise B., Roman, 2020, kartoniert,
225 Seiten, 13.90 € - ISBN 978-3-7519-7408-0

Nowhere Point, Roman, 2020, kartoniert,
180 Seiten, 12.90 € - ISBN 978-3-7504-5811-6

Madame Bourgin, Roman, 2018, kartoniert,
151 Seiten, 12.00 € - ISBN 978-3-748112-46-4

Kopanski kehrt zurück, Roman, 2018, kartoniert,
192 Seiten, 13.90 € – ISBN 978-3-746080-74-1

Die Sonntage des Herrn Kopanski, Roman,
2. Auflage 2018, kartoniert, 260 Seiten, 13.90 €
ISBN 978-3-746043-07-4   Neuausgabe

Der Fall Odile Féret, Roman, 2017, kartoniert,
204 Seiten, 13.90 € – ISBN 978-3-936625-85-1

Polnische Dörfer, Roman, 2016, kartoniert,
220 Seiten, 13.90 € – ISBN 978-3-936625-80-6

Millingers Bart, Roman, 2016, kartoniert,
236 Seiten, 13.90 € – ISBN 978-3-936625-79-0

Almuts Affären, Roman, 2015, kartoniert,
200 Seiten, 13.90 € – ISBN 978-3-936625-78-3

Der lange Arm, Roman, 2015, kartoniert,
196 Seiten, 13.90 € – ISBN 978-3-936625-57-8

Das sprichwörtliche Leben, Roman, 2014, kartoniert,
184 Seiten, 13.90 € – ISBN 978-3-936625-77-6

Empfehlungen:

Darina Schneider: *Sehsucht.* Gedichte,
48 Seiten, Hardcover mit Schutzumschlag,
ISBN 978-3-936625-84-4, 14,80 €

Rumjana Zacharieva: *Am Grund der Zeit.* Gedichte,
116 Seiten, kartoniert,
ISBN 978-3-936625-20-2, 12,90 €

Dimitar Christov: *Loblieder und Trinksprüche,*
Gedichte, 76 Seiten, 9.90 €, kartoniert.
9.90 € - ISBN 978-3-753473-80-2

Nachtrag

Die folgende Kurzgeschichte hätte sehr gut in mein Buch *Café noir, Paris-Stories / Under-Ground, London-Stories,* von 2022, gepasst. Sie wurde aber im Juli 2024 geschrieben und kann daher nur nachgereicht werden. So lesen Sie sie quasi im Windschatten eines Paris von Sophie und Jacques, das es so nicht mehr gibt.

MIGNON

Kurzgeschichte
von Jan Turovski

Ich saß in der kleinen Wartehalle eines Bahnhofs, ähnlich dem von Bercy-Le-Sec. Dieser aber war in der Nähe von Beaune, Département Côte-d'Or, wo ich an einer Auftragsarbeit *Frankreich in 600 Tagen*, arbeitete, für die zwei Jahre angesetzt waren. Der Bahnhof hatte seinen Provinzcharme. An den Fenstern Blumenkästen. Es gab einen winzigen, fensterlosen Laden neben dem Fahrkartenschalter. Es musste einmal ein Abstellraum gewesen sein. Er war innen sehr bunt. Leise Musik kam von da. Gelegentlich kauften Leute etwas. Eine junge Frau saß davor auf einem roten Klappstuhl und ging hinein, wenn ein Kunde kam.

Ich hatte ein Zimmer in einem Hotel in Beaune und wollte heute das bemerkenswerte Château de Corabeuf besichtigen. Ich ging in den kleinen Laden und die junge Frau folgte mir. Rock und Oberteil waren aus erdfarbenem, grobem Leinen. Im Laden sah ich eine winzige Küche mit Herd und Spüle.

Sie bieten auch etwas Warmes an?

Ja, eine kleine Auswahl, sehen Sie hier.

Die Karte überflog ich, wählte *Croque monsieur* und einen *Café noir*.

Ich bringe es Ihnen gleich, sagte die junge Frau, setzen Sie sich ruhig wieder.

Sie hatte einen besonderen Flair. Das Haar war hochgesteckt und mittelbraun. Die Haut hell und das Lächeln ohne Hinterhalt. Ich war müde und hatte schlecht geschlafen, was nicht am Hotel lag. Ich verschränkte die Arme auf dem kleinen Tisch und legte den Kopf darauf.

Hier bitte, hörte ich schon bald, - das Essen und der Kaffee wurden sanft hingestellt.

Ich hob den Kopf, sie schien kurz zu warten. Und da war es, es durchzog mich eine plötzliche, große Sehnsucht, fast wie ein schmerzloses Fieber. Ein Lächeln umflog ihren Mund, die Hände bewegten sich sanft und sie sagte:

Ich bin Mignon. Was machen Sie da?

Sie zeigte auf den Block mit Notizen und meine kleines Aufnahmegerät.

Ich schreibe Bücher, sagte ich, dies ist aber eine Auftragsarbeit, keine Literatur, ein Reisebericht, *Frankreich in 600 Tagen*.

Mon dieu, sagte sie.

Ich habe zwei Jahre Zeit. Ich bin Patrick Laforgue.

Sie lächelte und sagte:

Zwei Jahre, aha, das ist lang, und sie ging zurück in den kleinen Laden, wo jemand wartete.

Mignon. Ein seltener Name, auch in Frankreich. Ich kannte ihn eigentlich nur von Ambroise Thomas' Oper *Mignon*, die mich nicht besonders ergriff. Ich hatte es mehr mit dem italienischen Verismo.

Das Sandwich mit knusperigem Brioche-Brot, dem Gruyère-Käse, Schinken, Petersilie und Béchamelsauce schmeckte ausgezeichnet. Wie sie das hingekriegt hatte, in dieser winzigen Küche, war mir schlicht schleierhaft. Ich bestellte einen zweiten Kaffee und Mignon brachte ihn schweigend und langsam.

Inzwischen ist es Abend. Ich sitze noch immer da, kann hier einfach nicht weg. Das Schloss, das ich hatte besichtigen wollen, ist nurmehr ein Bild in meinem Kopf, wie hinter Gazeschleiern. Ich werde wach, hebe den Kopf, der Tisch ist abgeräumt und der kleine Laden bereits geschlossen. Vor mir liegt ein kleiner Zettel: *Der letzte Zug nach Beaune geht um 21:00 Uhr. Bis morgen, Mignon.*

Ich nehme den Zug, finde mein Hotel, falle in ein tiefes Schlafloch. Ich frühstücke am anderen Morgen. Den Zettel stecke ich in mein Portemonnaie. Mit dem Zug ist es eine halbe Stunde. Als ich wieder auf dem kleinen, idyllischen Bahnhof ankomme, ist es gerade 10:00 Uhr und der Laden immer noch nicht offen. Ein Schild hängt draußen:

Wegen andauernder Träume geschlossen. Fermé à cause de rêves en cours.

Dieser ungewöhnliche Hinweis verfolgt mich tagelang. Ich besichtige das Schloss, komme schließlich am Spänachmittag wie betäubt zurück. Der Laden ist noch immer zu. Jemand hat mit rotem Filzstift ein Fragezeichen auf dem Schild hinterlassen. Ich bleibe noch zwei Tage in der Gegend. Es geschieht nichts. Mignon ist verschwunden. Ich muss weiterziehen und schreibe auf die weiße Pappe :
Der Traum dauert an. Patrick Laforgue. Bis morgen!

Inzwischen sind zwei Jahre vergangen. Das Buch *Frankreich in 600 Tagen* ist erschienen. Ich kann mich meinen Romanen widmen Es ist wieder Juli und heiß. Ich sitze in der kleinen Wartehalle, in dem Bahnhof, wo ich vor zwei Jahren an der Auftragsarbeit *Frankreich in 600 Tagen*, arbeitete. Es gibt keinen Laden mehr neben dem Fahrkartenschalter. Ein großer Getränkeautomat steht da, wo vor zwei Jahren die Tür gewesen ist. Ich frage den Schalterbeamten nach Mignon.

Drüben, auf der anderen Seite monsieur, der kleine Laden. Mein Schalter wird auch bald zugemacht. Bin sechzig, Glück gehabt. Gehe in Pension.

Ich winke und überquere den Platz. Dort finde ich einen Zeitschriftenladen mit allerlei Schreibwaren, Snacks und Süßigkeiten. Und rechts darin, einen zweiten Raum, eine kleine Buchhandlung. Niemand ist da. Ich sehe auf einem Tisch meine acht Romane, ein Bild von mir aus *Le Monde* daneben, und staune.

Mignon weht wenig später herein und sagt:
Ich habe sie alle gelesen.
Ich sage, es sind genau zwei Jahre.
Sie sagt, zwei Jahre und zwei Tage.
Ich nehme sie stumm in den Arm. Sie leuchtet geradezu. Rührung kann ich nicht unterdrücken. Es ist, als sei alles gestern gewesen. Ich zeige auf meine Bücher und schweige. Sie lächelt nur. Dann sagt sie:

Sie sind hier, aber in Ihren Büchern bleiben Sie hinter den Figuren, Das ist schön. Was essen Sie?

Bitte heute ein *Croque Madame*, sage ich. *Croque monsieur* war ja schon.

Sofort sagt sie. Gleich meine ich. Und auch einen *café noir*? Ja, ja, ja, sage ich animiert.

Beides kommt wenig später. Ich sitze draußen unter der grünweiß gestreiften Markise. Drei Tische gibt es da, ein paar Korbstühle. Der Bahnhofsplatz ist ein Sommerversprechen. Mignon ist umfangen von einer flirrenden Aura, das Haar hochgesteckt, wie damals, ein wenig rötlich-braun gegen die Sonne. Sie setzt sich neben mich.

Croque madame, das gleiche wie *croque monsieur*, nur mit dem leuchtenden Spiegelei obendrauf, sagt Mignon aufgekratzt.

Das große Auge wohl, sage ich lachend.

Das Auge ist innen, sagt Mignon, und zitiert eins meiner Bücher.

Auf dem Tisch finde ich immer wieder ihre Hände. Am Abend schließt sie wie in Zeitlupe ab. Tisch und Stühle legt sie geschickt an die Kette.

Komm sagt sie, ich habe einen Jungen.

Sie hat den Hauch einer Mélanie Bernier*. Ach was! Es gibt keinen Vergleich.

Als wir in ihre Wohnung kommen, verlässt eine andere junge Frau lächelnd das Haus. Mignon bedankt sich für das Babysitten. Sie zeigt mir den schlafenden Dreijährigen. Mich übermannt eine Welle von Gefühlen.

Wir gehen bald gemeinsam in die Dusche; es will nicht enden. Schließlich trocknen wir uns gegenseitig ab und legen uns auf Mignons großes Bett. Ich kann nicht aufhören sie anzusehen. Es grenzt fast an Schmerz.

Er hat natürlich einen Vater sagt sie, aber ich lebe lieber allein. Bitte frage mich nicht.

Am anderen Morgen weckt sie mich leise nach einer heißen Julinacht voller Liebe, wie ich sie noch nie erlebt habe.

Der Junge ist schon im Kindergarten, sagt sie sanft, ich muss den Laden öffnen. Bin froh den Job zu haben. Kaffee steht in der Küche. Baguettes sind im Brotkasten, alles andere findest du dort im Eisschrank!

Nach einer kurzen Pause dann:

Bitte, mein lieber Patrick, es muss sein, ja, es muss sin, du gehst jetzt gleich nach dem Frühstück, komm kurz in den Laden und siehst dich danach nicht mehr um, kommst nicht zurück. Versprich es mir. Dies alles soll mir für immer bleiben, und deine Bücher. Das kann man nicht wiederholen. In ihren Augen erscheinen schlagartig Tränen. Ihre Stimme wird ganz spröde.

Ich weiß nicht ob Mignon stehen geblieben ist, bis ich, wenig später, nach einer langen, wortlosen Umarmung vor meinen acht Büchern und dem Bild, im Bahnhof auf der anderen Seite verschwunden war. Der Weg über den mit blauen Blumen in Betonkästen geschmückten Platz schien endlos. Kein Mensch in der kühlen Bahnhofshalle, schmerzhafte Stille.

Von Beaune aus fahre ich am anderen Tag direkt nach Paris. Ich brauche zwei Ruhetage. Meine Wohnung in der lebendigen Rue de Buci im Sechsten Bezirk ist sprachlos. Ich leide an einer fatalen Mischung aus Trauer und Freude. Meine Beine scheinen den Weg über den Bahnhofsplatz in der Provinz, vorbei an den blauen Geranien, dauernd zu wiederholen.

Zehn Jahre sind inzwischen vergangen. Ich bin jetzt 49, Mignon muss 35 sein. *Bis morgen*, sage ich mir immer wieder und weiß doch, dass es nicht passieren wird. Und obwohl das Lied nicht direkt mit uns zu tun hat, fällt es mir immer wieder ein: *Sang pour sang,* von Johnny Hallyday. Blut für Blut. Es lief in der kleinen Buchhandlung. Es ist ein ergreifendes Lied. Er hat es für seinen Sohn geschrieben, aber es lässt sich auf viele Liebesbeziehungen anwenden. Bedauern und Versäumnisse, Vorwürfe, Trauer, Liebe, Hoffnung, Versprechen.

Wenn ich nachts über stille Pariser Plätze gehe, es kommt oft genug vor, spielt dieses Lied in meinen Ohren und überall in mir und ich denke an Mignon. Glück und Schmerz ringen dann miteinander. Doch über den Schmerz heißt es in Hallydays Text: *Man behält nur noch ein Spur.*

Ich habe Mignon versprochen nicht wiederzukommen und mich nicht umzusehen. Es muss sein, hatte sie gesagt, ja, es muss sein. Ich habe Wort gehalten, ich habe sie nicht wiedergesehen. Es war sehr schwer, aber in ihren Augen war diese ungeheure Wahrhaftigkeit, die ich einfach nicht verraten konnte. Geheiratet habe ich auch nie. Wegen Mignon, deren feines Gesicht mich wie eine lebendige Ikone begleitet, an die ich fest glaube.

***

*Französische Schauspielerin

FSC
www.fsc.org

MIX
Papier aus verantwortungsvollen Quellen
Paper from responsible sources
FSC® C105338